KB235357

마음을 쉬는 절집

마음을 쉬는 절집

 글. 사진 한민

청년정신

마음을 쉬는 절집

지은이 한민
발행일 2013년 10월 10일 초판 1쇄
펴낸이 양근모
발행처 도서출판 청년정신 ◆ 등록 1997년 12월 26일 제 10-1531호
주 소 경기도 파주시 문발동 535-7 세종출판벤처타운 408호
전 화 031)955-4923 ◆ 팩스 031)955-4928
이메일 pricker@empas.com

절집 툇마루에서 쉬다

　절집은 가깝지 않다. 멀지 않다. 세속에서 벗어나 산중에 있으나 사람과 끊어지지 않는다. 대중 곁을 지키되 뒤섞이지 않는다. 물은 맑고, 산은 위압하지 않는다. 들어앉은 그 공간 자체로 청정하다. 맑다. 여유롭게 스스로를 돌아보며 가다듬을 수 있는 공간. 앉은 자리 그 자체로 절집은 찾는 이들의 마음을 쉬게 해주고 치유하는 힘을 갖는다. 불자든 아니든 많은 이들이 여행길에 한번쯤은 근처 절집을 찾는 일도 그 때문이리라. 대단한 문화 유물을 가지고 있지 않더라도, 대가람으로서 위엄을 지니고 있지 않더라도.

　‘마음 쉼’, ‘치유’라는 말이 자주 회자된다. 정신없이 몰아치는 생존 격랑을 헤쳐가면서 다치고 탈진한 이들이 그만큼 많기 때문이리라. 무엇이 다친 마음, 벌어진 상처를 아물게 하는가. 시대를 대표한다는 멘토들이 건네는 조언도, 위로도 아닌 스스로 그 마음이다. 포연 자욱한 일상에서 한 발 물러나 자신을 돌아보며 길게 호흡하는 순간, 마음은 그 스스로를 치유한다. 하여, 절집은 일상을 내려놓고 자신을 돌아보는 최상의 공간이 된다. 하여, 절집을 찾아가는 길은 지친 마음에 에너지를 채우는 길이요, 위대한 스승을 만나는 배움의 여행이 되기도 한다.

　절집에서 마음을 치유하라고 지혜를 배우는 스승 중 하나가 주련이다. 건물 기둥에 붙어 있는 한시漢詩 형태의 글이다. 경전에서 뽑아낸 글이거나 선승들이 남긴 게송들. 어느 것이나 씹으면 씹을수록 깊은 맛이 우러나오는 뛰어난 글들이지만 한자, 게다가 읽기 어려운 초서나 행서로 휘갈겨 쓴 주련들도 많아 그저 장식적인 역할에만 그치기도 했었다. 요즘엔 번역을 해서 동판을 붙여 놓은 친절한 절집들도 꽤 늘었고 관심을 기울이는 이들도 많이 늘었는데, ‘믿음을 구하는 사람은 신심을 북돋울 것이요, 마음을 다친 사람은 마음을 치료하는 약으로 쓸 수 있을 게다.’ 많은 주련들이 유명한 서예가들이 쓴 글씨이거나 큰스님들의 친필로 걸려 있어 이 또한 안복이 아닐 수 없으니, 미리 알아두면 더욱 의미 있는 시간을 가질 수 있으리라.

세 번째 절집 이야기를 쓰기까지 이곳저곳 꽤 많은 절집들을 돌아다녔다. 어떤 절집은 선지식들의 숨결이 남아 있는 곳이었고, 역사가 서린 곳이었고, 많은 사람들이 찾는 대가람들이었다.

이번에 모은 절집들은 널리 알려져 있지 않아도, 혹은 규모가 작아서 따로 볼만한 것들이 없어도 마음이 따뜻해졌던 곳들을 골랐다. 저 남녘 바닷가 절집도 있고 북쪽 산중 절집도 있고 한 걸음에 찾을 수 있는 수도권 인근 절집도 있다. 세월이 느껴지는 절집도 있고 그렇지 않은 절집도 있다. 공통점을 꼽자면 오래 머물러 있고 싶었다는 것. 그러니까, 세상살이에 지친 마음을 위로받고 싶을 때 가고 싶은 곳들. 법당 툇마루에 걸터앉아 주련의 글귀 일구 일구를 음미하고 싶어지는 날이면, 나는 또 배낭을 걸머지게 되지 않을까. 그리하여 한 줄 주련을 잘근잘근 씹으면서 절집 툇마루에 오래도록 앉아 있게 되지 않을까.

2013년 10월 한민

강원도 양양군 낙산(오봉산)에 있는 절집. 671년(신라 문무왕 11) 의상대사가 창건했다. 3대 관음기도도량 가운데 하나로 꼽히며, 관동팔경 중 한 곳이다. 세조 때 다시 세운 7층석탑을 비롯해 원통보전과 원통보전을 에워싸고 있는 담장 그리고 홍예문 등이 전해져 내려오다가 2005년 4월 6일에 일어난 큰 산불로 대부분의 전각들이 소실되었으며 근래 들어 겨우 다시 복원되었다. 부속 건물로 의상대, 홍련암 등이 있고 이 일대가 모두 사적으로 지정되어 있다.

발밑을 돌아보라

바람이 분다.

귓불이 얼고 얼굴이 에인다.

겨울바다는 묵직한 청동빛. 바람에 등 떠밀린 파도가 얼어붙은 바위를 후려친다. 운다. 말랑한 것들은 단단한 것들에 백전百戰하여 백패百敗한다. 하여, 바다는 말랑한 몸으로 검푸르게 멍들어 운다. 제 몸을 던져 싸워야 하는 것들은 그래서 늘 저 먼저 아프다.

여기는 7번국도다.

속초에 미처 닿지 못해 찍혀 있는 한 점, 낙산이다.

7번국도. 한반도 등뼈를 따라 남쪽 바다로부터 북쪽 고성 절지絶地에 닿기까지 꼬부라지고 휘어지고 또 허리를 펴며 달려오는 길. 모래가 끌려와 쌓이면 해수욕장이 질펀하게 퍼져 앉고, 파도가 숨을 죽이는 평온한 곳마다 포구를 만들며 풀어져 오는 길. 7번국도는 사랑을 막 시작한 연인처럼 밀며 당기며 바다와 한반도 등뼈 사이를 타고 달린다.

길.

길 위에 서서 길을 생각할 때,

길이 멈춘다.

일주문이다.

두 세상을 나누는 경계다.

낙산사다.

고개를 들어 금강산을 건너다보고, 고개를 숙여 오대산 자락을 손짓해 부르는, 설악산 장엄한 줄기가 동해로 흘러내리다가 마지막으로 다소곳 일어나 앉은 오봉산이다. 그 품에 안겨 1,300여 년 세월을 동해와 툭툭탁탁 살 부비며 지내온 낙산사다. 관음성지로 명성을 떨쳐왔던 절집. 2005년 4월, 온 세상을 모조리 삼켜버릴 것처럼 며칠 동안 텔레비전 화면을 채웠던 산불로 법당 대부분이 잿더미가 되어 주저앉았더랬다.

그래도 일주문 부근만은 웬만큼 아물어서 젊은 적송들이 미끈한 몸태로 촘촘히 섰다.

길을 따라 오른다.

툭 터진다.

너울너울 어둠을 할퀴는 불꽃에 무너져 내리던 홍예문. 새 몸을 받아 입었다.

9년 세월이 흐른 지금도 매캐한 연煙 내음이 맡아질 것만 같은 상흔들, 새로 받은 몸은 아직 눈에 설다. 언젠가 어린 딸아

이 손을 잡고 들렀을 때 느낄 수 있었던 호젓한 분위기와 오래된 공간이 뿜어내는 묵지근하고 고즈넉하고 호젓했던 분위기는 사라지고 없다. 다시 나무들을 옮겨 심고 있다지만 둥글고 부드럽게 흘러내리는 능선은 여전히 화상을 입은 속살을 감추지 못한다. 듬성듬성 살아남은 늙은 소나무들이 오히려 가슴을 후빈다. 아랫도리엔 검은 화상 자국이 선연하다. 햇살에 마르고 바람에 마르며 아물어 왔을 저 검게 그을린 상처들.

상처는 아물어도 통증에 대한 기억은 길다.

무설설無說說 불문문不聞聞. 구리종조차 녹여버린 지옥 화염을 견뎌 끝내 살아남은 소나무들이 풀어놓는 설법은 그래서 오히려 장하다. 그러하다. 불사조처럼, 절집은 잿더미로부터 다시 태어나 윤회하고 있다.

그러함에도 송진 냄새가 가시지 않은 절집은 왠지 데면데면하다. 오가는 사람들이 적지 않았어도 이상하게 적막하다. 숲도 비고 하늘도 비고 바다도 비었다. 움켜쥘 수 없는 바람만 우웅우웅 살아남은 소나무 가지를 비틀어 흔든다.

새 집을 누가 싫어하겠느냐 만서도 갓 포장을 뜯은 듯 깔끔한 절집 전각들은 오히려 나를 끌어당기지 못한다. 오랜 세월이 묻지 않은 전殿과 각閣이라 하여 부처님의 공덕이 가벼울까만 겨울 해는 짧고 마음을 당기는 힘은 느슨하다.

원통전을 설렁설렁 훑어보고 지나며 의상대와 홍련암 쪽으로 걸음을 놓는다. 바다, 겨울바다. 검푸른 바다가 넘친다. 검푸른 몸뚱이에서 일어난 물살이 검은 바위에 몸을 던진다. 자

욱한 물보라, 의상대에서 바라보는 홍련암은 축축한 산그늘에
서 부르르 떤다. 좁은 길을 따라 참배객들의 행렬이 길다.

붉은 연꽃 홍련암, 우뚝한 두 단애를 사이에 두고 걸터앉은
작은 목조 건물이다. 법당 바닥에 놓인 덮개를 열어젖히면 10
여 미터 아래로 일렁이는 파도를 볼 수 있다는, 법당 스스로가
커다란 소리통이 되어 바다가 들려주는 대자연의 장엄 설법을
들려준다는, 작은 건물이다. 아는가, 작아서 오히려 능히 바다
를 품는다는 말. 그래서인가. 영험한 기도도량으로 이름이 뜨
르르 높아서 불자들의 발길이 늘 길다. 하긴 2005년 화마가 일
주문과 요사, 대웅전이라 할 수 있는 원통보전을 모조리 집어
삼켰어도 홍련암만은 무사하였더랬다. 물론, 홍련암을 지키고
자 하는 수많은 사람들이 있었지만.

白衣觀音無說說　　백의관음무설설
南巡童子不聞聞　　남순동자불문문
瓶上綠楊三際夏　　병상록양삼제하
巖前翠竹十方春　　암전취죽시방춘

백의관음은 설한 바 없고
남순동자 들은 바 없도다.
꽃병 위 버들 한창 여름인데
바위 앞 대나무는 시방세계의 봄일세.
_ 홍련암

　　백의와 남순동자는 티 없이 맑음과 깨끗함의 상징. 집착이 없음이다. 설한 사람도 집착함이 없고 듣는 사람도 집착함이 없다. 이심하고 전심한다. 어린아이의 마음이 되어 청정하므로 부처다. 하여 홍련암 법당을 통해 울려오는 대자연의 설법, 진리의 소리를 비로소 들을 수 있다 한다. '꽃병 위의 버들'처럼 우리네 중생계를 벗어나 '바위 앞 대나무'처럼 어떤 계절의 순환, 어떤 흔들림에도 꿋꿋하게 자리를 지킬 수 있다 한다. 희망을 잃어버린 자리에서 평화를 얻게 되고, 욕망에 대한 질긴 집착을 끊음으로 하여 비로소 참다운 삶의 길이 열리게 된다 한다.

돌부리를 걷어찼다.

휘청,

겨우 균형을 잡는다.

망상이 깊었다.

'발밑을 살펴라!'

홍련암 가는 길가에 서 있는 팻말에 주의하지 않았던 탓이다.

얼마 전 열반에 든 법정스님의 법문 한 줄을 기억한다.

"산사의 댓돌 위에 '조고각하照顧脚下'라고 쓰인 주련이 걸린 걸 볼 수 있습니다. '발밑을 살피라'는 뜻이지요. 신발을 잘 벗어 놓으라는 뜻도 되겠지만 보다 근본적으로는 지금, 자기의 존재를 살펴보라는 의미입니다. 현재 처해 있는 상황을 스스로 살펴보라는 법문입니다. 순간순간 내가 어떻게 처신하고 있는지 돌아보라는 가르침입니다."

돌부리를 걷어차고 떠올린 생각치곤 삼엄하다. 가끔은 돌부리도 걷어찰 일이다.

'발밑을 살펴라.'

한 순간 한 순간을 깨어 자신을 돌아보고, 천지사방으로 뛰어 달아나는 마음에 고삐를 꿰고, 세속적 욕망으로 끌고 가는 무지막지한 황소걸음을 멈춰 세우고, 하여 마음을 고요한 연못처럼 평온하게 유지하는 일이 쉬울 리 없다. 입은 겸손한 척 할 수 있어도 마음으로 낮아지는 건 어렵다.

그러했다.

돌아보면, 비굴했을지언정 낮추지 못했다. 그 뿐인가 아집과 아만이 그득했었다. 신발을 벗어놓으며 제자리에 제대로 놓았는지, 가지런히 놓여 있는지 살피지 않았다. 스스로 서 있는 자리가 내가 서 있어야 할 자리인지 살피지 않았다. 다른 이를 향해서는 서릿발 칼날로 혓바닥을 세우면서도 스스로에게는 늘 너그러웠다.

법정스님은 또 말했다.

"먼 데서 찾지 마십시오. 밖에서도 찾지 말고, 자기 안에서 찾으세요. 그래서 자신이 서 있는 곳을 살피라는 겁니다. 조고각하照顧脚下, 자기 발밑을 살펴보란 겁니다. 자기에게 주어진 현실 상황을 순순히 받아들이면 거기에 삶의 묘미가 있습니다."

바닷바람이 선뜻하다. 목을 움츠린다.

문득 영국의 정치가이자 사상가인 토머스 모어가 남겼다는 말이 떠오른다. 헨리 8세의 이혼에 반대하다가 미움을 받아 목이 잘리기 전에 "내 목은 매우 짧으니 조심해서 자르게"라고 말했다던가. 아마도 스스로 당당했기에 그는 죽음 앞에서도 쫄지 않고 소신을 지켰을 것이다.

스스로에게 되묻는다. 칼날을 받기에 내 목은 긴가, 짧은가. 하긴 길든 짧든 아직은 내 목이 어깨 위에 붙어 있고, 내 앞에 놓여 있는 삶은 지금 내가 하는 행동들에 달려 있음을 깨닫는다. 목을 자른 헨리 8세도, 목이 잘린 모어도 세상에 없다.

아흐. 자주 돌부리를 찬다. 생각이 허방에 떠 있으면 발끝은 돌부리를 차는 법. 온갖 걱정거리와 번뇌들, 어수선하게 일어나는 생각들. 강원도, 동쪽 끝 바닷가에서 바닷바람을 맞으며 흘러가는 삶의 조각조각들. 아름다운 산과 아름다운 바다는 내게서 이미 멀었다. 불타버린 숲과 불타버린 절집 전각들 또한 내게서 이미 멀었다. 멀어서 쉬고 싶었다. 하지만 날이 차고 매웠어도 몸을 둘 곳은 마땅치 않았다. 따뜻한 차라도 마시며 마음을 녹일까 싶었어도 절집을 찾을 때마다 늘 따뜻했던 찻집은 없었다. 아니, 찻집은 선물코너와 뒤섞여 어수선했다. 선방에서 얻어 마시곤 했던 그런 차향은 물론 상상할 수도 없었다. 절집에 갔을 때 얻을 수 있었던 작은 기쁨도 그렇게 사라지고 있었다.

마른 입맛을 다시며 걸음을 돌리고보니 건물 한 채가 마주섰다. 일종의 박물관. 타버린 절집 잔해들이 거기 있었다, 부처님의 진신사리처럼.

참담한 기억의 편린들, 불길에 녹아 한낱 쇳덩어리로 돌아간, 그 유명했던 동종銅鐘도 유리 상자 속에서 기괴한 조각 작품처럼 놓여 있다. 때론 따뜻하게 때론 천둥처럼 중생의 어리석음을 일깨웠을 동종, 울울퉁퉁한 쇳덩어리와 황홀한 소리 사이의 간극. 이제는 평면의 종이 위에서만 존재하는 동종.

동종銅鐘 －보물 제479호

1469년 제작. 높이 158cm, 입지름 98cm, 낙산사와 밀접한 관계를 맺었던 세조를 위하여 그의 아들 예종이 만들게 한 종이다. 종선에는 중앙에 굵은 선 세 줄을 옆 띠에 둘려서 몸체를 위 아래로 구분하고 윗부분에는 연화좌 위에 무문無紋의 두광頭光을 갖춘 보살상 4구를 양주하였고, 보살과 보살 사이에 범자네 자씩을 배치하였다.

위쪽의 용은 웅건한 몸체에 생동감이 넘치며, 종의 몸체 부분에는 보살 입상과 범자를 새겨 놓았다. 중앙의 옆 띠와 물결무늬 옆 띠 사이에 장문의 명문이 양각되어 있다. 글은 김수온金守溫이 짓고 글씨는 정난종鄭蘭宗이 썼는데, 조선 예종 원년(1469년)에 주조된 것을 알 수 있다. 이 동종은 조선시대 범종 중 임진왜란 이전에 속하는 몇 개 안 되는 귀중한 것이다.

동종은 이제 무형과 유형의 경계에 있다. 존재하지만 더 이상 존재하지 않음. 소리가 일어났다가 사라지는 것처럼 종은 스러지는 여운으로만 존재한다. 소리를 만들지 못한다. 허망한 일인가? 아니다. 생성과 소멸은 본디 몸 가진 모든 것들의 숙명, 순환의 고리 속에 있을 뿐이니까. 봄이 가면 여름이 오고 가을 겨울 그리고 다시 봄이 오듯 그렇게 끝없이 순환할 뿐. 누구도, 형태를 갖는 그 어떤 것들도, 순환의 고리에서 벗어나지 못하니까.

영원히 존재할 수 있는 물物은 없다.

영원을 말하는 입은 유한하다.

영원하지 못한 존재로 영원을 꿈꾸는 집착!

아윽!

돌부리를 걷어찼다.

휘청,

'발밑을 보지 못한다.'
생각을 끊어라!
생각을 끊으라는 생각을 끊어라!
바다는 검고 하늘엔 물새 한 마리 날지 않는다.

언젠가 불타버린 능선에 다시 살이 차오를 때, 홍련암 소리
통으로 바다가 건네는 법문을 듣고 싶어진다.

도솔산 선운사

대한불교조계종 제24교구의 본사. 577년(백제 위덕왕 24)에 검
단선사黔丹禪師가 창건하였다고 전한다. 선운사는 불립문자不
立文字를 주장하던 선종에서도 선리禪理를 근본적으로 체계화
하기 위한 운동이 일어나던 조선 후기 조사선祖師禪의 본연사
상을 임제삼구臨濟三句에 입각해 해결해 보려고 시도한 불교학
자 긍선亘璇이 처음 입산수도한 절이기도 하다. 주요 문화재로
는 보물 제279호인 금동보살좌상金銅菩薩坐像, 보물 제280호
인 지장보살좌상地藏菩薩坐像이 있으며, 대웅전大雄殿도 보물
제290호로 지정되어 있다.

동백이 먼 이유를 알겠네

새벽. 길은 비어 있다. 바람을 거슬러 남행하는 자동차 뒷자리에 앉아 시푸른 빛으로 깨어나는 들판과, 까물까물 힘을 잃어가는 불빛들과, 검은 몸체로 하늘과 분리된 나지막한 산 능선들을 바라보았다. 어둠과 밝음이 팽팽하게 맞서는 시간. 백치처럼 멍한 망막 속으로 길이 다가왔고, 또 밀려나가 멀어지고 있다.

서해안 고속도로. 따뜻하고 아름다운 기억들을 품은 길이었다. 공장 건물들이 딱딱한 직선으로 각을 세우며 들어앉은 서해대교 어름에선 새까맣게 탄 얼굴로 하루 종일 게처럼 개펄을 기어다니던 소년들의 얼굴이 떠오르고, 다리 건너 충청도 어디쯤에선 장가가는 친구의 함을 팔던 왁자함이 들려오는 듯만 싶었던 길.

그랬다.

사람이 있는 길이었다. 어미를 뵈러 가는 길이고, 아버지가 머물러 계신 산으로 가는 길이고, 벗들을 만나러 가는 길이었다. 그리고 그 길은 저 남도의 도시 목포에 이르러 끝날 거였다. 하여, 한영애가 다시 부르는 박난영의 '목포의 눈물' 속 삼학도가 빤히 내려다보이는 유달산 중턱 보리마당과, 그곳으로부터 바다를 향해 구불구불 기어 내려가는 좁고 초라한 골목들과, 슬레이트 지붕을 이고 앉은 허름한 집들과, 흐벅진 남도의 인심을 보여주었던 할아버지 할머니 아저씨 아줌마들과, 만 원짜리 한 장으로도 매생이국을 안주로 서넛이 흠뻑 취할 수 있었던 구멍가게 막걸리와, 공선옥 작가의 소설 『영란』에 등장하는 가슴 절절한 사연들로 생각의 길은 이어질 것이었다.

어두운 군청색에서 점차 말간 파랑으로 하늘은 벗겨졌어도, 그래서 불빛에 의지함 없이 길이 깊어졌어도, 자동차는 고른 숨소리로 여전히 길 위에 있었다. 길이 멀어서 뒷자리에 앉은 팔자 편한 여행자는 오히려 생각이 깊었다. 생각 속에 길이 있고, 길 위로 생각이 앞서갔다.

"자, 승객 여러분! 여러분은 잠시 후 고인돌과 풍천장어와 선운사 동백꽃과 미당의 시가 있는 고창에 착륙하시겠습니다. 날씨는 맑지만 체감온도는 조금 낮은 가운데…."

운전대를 잡은 길벗의 너스레로 선뜻 현실로 돌아오고 보니 자동차는 나들목 커브를 돌아 톨게이트로 접어들고 있었다. 길을 벗어나니 또 다른 길이었다. 길로 이어지므로 비로소 길이었다. 풍천장어로 오히려 이름이 알려진 동네여서일까, 길옆으로는 온통 장어를 구워 파는 식당 간판이었다.

"바람 풍風 내 천川! 바닷물과 함께 바람까지 몰고 들어온다고 해서 풍천이야. 그런 냇물을 거슬러 올라오니 장어들의 힘이 얼마나 좋겠어. 풍천장어가 괜히 유명한 게 아니거든!"

길벗의 설명에 풍천이 어느 동네이름쯤 되는 줄 알았던 나는 새삼 그의 해박함이 존경스러웠다. 감히 네이버 지식인에 확인해볼까 하는 생각일랑은 꿈에라도 할 수 없었다. 하긴 힘이 좋은지 어떤지는 점심 밥상으로 몇 마리쯤 구워보면 알 일이겠지만.

널찍한 주차장에 자동차를 세워두고 몇 장의 주차비와 또 몇 장의 입장료를 지불한 뒤에야, 선운사로 이어지는 길은 비로소 열렸다. 그러고 보면 세상의 길들은, 사람이 아니라 지폐로 열리는 것인지도 모를 일이다. 하여 푼돈조차 팍팍한 사람들에겐 황량하고 쓸쓸한 길들이 몫으로 남겨지고 지폐 다발 앞에선 반듯하고 넓은 길들과 바다, 하늘, 저 우주로 이어지는 길조차 열리는 것인지도. 하여, 사람들은 삶의 끝으로 향하는 넓은 길을 따라가고자 그렇게 돈에 목숨을 거는 것인지도.

선운사로 안내하는 도솔천兜率川은 살얼음이 졌다. 도솔천은 장차 이 세상으로 나오실 미륵이 머물러 계시다는 곳이니, 이 냇물은 미륵의 세상으로부터 흘러오고 있는가. 나무 그림자 사이로 갈래갈래 들어오는 빛이 얼음조각에 부딪혀 흩어진다. 겨우내 두꺼운 얼음 속에서 숨죽이고 있었을 냇물은 이제 종잇장처럼 살팍해진 살얼음 아래에서 돌돌돌 흘러내렸고, 그 속에서 숨죽여 견뎠을 뭇 생명들도 다시금 싱싱한 활력을 찾을 게다. 인간들이 헤르집기 전에는 언제나 그렇듯.

절집으로 들어가는 길은 조금 썰렁한 느낌. 넓고 평탄하지만 아직은 잿빛 가득해서 모노톤이다. 본디 선운사에서 유명한 것들은 4월의 동백이요, 백일 동안 꽃을 피운다는 6월의 목백일홍(배롱나무)이요, 단풍이 들기 전 9월 말에서 10월 초까지 온 산을 붉게 물들인다는 꽃무릇. 하지만 하필 찾아온 계절이라는 게 꽃무릇이 진지는 이미 오래요, 백일 동안이나 버틴다는 목백일홍이 진 것은 더 오래 전 일이며, 동백은 아직 꽃 몽우리가 단단하게 아물려 있는 계절이다. 선운사는 꽃이 지천이라더니 황량한 계절인 게다.

꽃이

피는 건 힘들어도

지는 건 잠깐이더군

골고루 쳐다볼 틈 없이

님 한 번 생각할 틈 없이

아주 잠깐이더군

– 최영미, '선운사에서' 일부

사랑이란 게 그렇다. 시작은 어렵고 번거로워도 헤어지는 일은 한순간이어서, 또한 그 상처가 아무는 건 더욱 어려운 일

나무도 아픔을
느낀답니다
올라가면은
안되겠죠!

이어서 오래도록 울어야 하나보다. 꽃을 보며 '아아, 예뻐라' 하면 그거야 내 몫이련만 시인은 꽃을 보며 사랑을, 사랑의 아쉬움과 아픔을 떠올리고 마는가 보다. 그래서 시인에게 아픔과 슬픔은 숙명인가보다.

어이하랴. 사랑에 목숨 걸 나이를 진작에 지나쳐버린 나는 그저 터덜터덜 걷는다. 꽃 피는 것을 보지 못하였으니 어찌 꽃이 지는 것을 아쉬워하랴.

일주문을 넘어 도솔천을 벗으로 삼아 걸음을 옮기다보면 어느새 천왕문인데, 이상도 하여라! 선운사 천왕문은 길과 정면으로 맞서지 않는다. 꺾임 없이 길을 따르면 선운산 중턱 칠송대 남쪽 벼랑에 새겨놓은 석각여래상과 도솔암으로 오르게 되고, 천왕문은 오른쪽 어깨에 닿는다. 이층 누각의 형식을 띠고 있는 건축 양식도 조금 독특하다. 아래층은 흔히 보는 것처럼 사천왕이 자리를 잡아 흔한 모양새지만, 문을 통과해 뒤돌아서면 2층은 범종루. 그다지 오래된 건물은 아니어도 현판만은 원교 이광사의 글씨니 꼼꼼히 새겨두면 붓길을 보는 안목 또한 늘겠다. 해남의 대흥사나 강진의 백련사 현판 글씨처럼 부드러움 속에 힘이 실린 삐쳐 올라가는 듯한 원교 특유의 필치와는 조금 달라서 반듯하다. 어떤 심리적 거리가 있었을까?

천왕문을 지나도 절집은 온전히 열리지 않는다. 가로막는 것은 만세루. 눈앞을 가로막는 것은 늘 답답하고 무겁다. 선운사 역시 처음에는 그렇게 다가온다. 아니 그런 느낌이다. 막힘. 장방형 마당은 길쭉한 만세루가 가로막아 드러나지 않는다. 천왕문에서 보이는 쪽이 분합창이 달린 만세루의 후면이고 반대쪽은 벽체 없이 대웅보전을 향해 트여 있는 구조다. 절을 지을 때 남은 부재로 건물을 지었다는 이야기가 전해질 만큼 건축적인 요소도 재미가 있어서 휘어진 기둥은 서로 다른 부재를 잇대 사용했고, 서까래들도 구불구불 분방하다. 마음에 닿는다. 사람 마음새 같다. 세상인심이란 게 본래 늘씬하고 잘생긴 것들에 눈이 가기 마련이지만 조금은 삐뚤빼뚤하고 제멋대로인 게 오히려 멋들어질 수도 있는가 보다.

앞을 가로막는 만세루를 반 바퀴 돌아간다. 형제처럼 닮은 꼴로 대웅전과 영산전이 동서로 길게 펼쳐진 마당 끝에 섬처럼 떠 있다. 아이들이 공차기를 해도 넉넉할, 초등학교 운동장처럼 넓은 마당이 선운사의 특징이다. 여백의 미美인가. 겨울과 봄 사이에서 스산한 바람이 동으로 달리고 서로 달린다. 휭하다. 단지, 겨울 탓만은 아니다. 영산전과 대웅전 사이에 있었던 건물 하나를 헐어낸 탓이라 한다. 본래 두 건물 사이에는 대웅전을 관리하는 스님이 거처하는 노전채가 약간 삐딱한 모습으로 들어서 있었고, 그다지 중요하게 생각하지 않았을 그 건물이 선운사 건축의 핵심이었다는 것이다. 보이지 않는 선으로 길쭉한 마당을 구획하던 그 건물이 사라졌을 때, 선운사 건축의 아름다움은 사라지고 폐허가 아닌 폐허가 되고 말았다는 게 건축가 김봉렬 교수의 말씀. 그는 건물이 사라지면서 마당과 한 몸을 이루던 대웅전과 영산전 앞마당의 영역성은 사라지고 운동장처럼 휭해지고 말았다면서, 건물과 여백의 관계가 사라질 때 건축은 함께 사라지고 건물만 남는다고 하였다. 즉 한국의 건축이란 건물만을 지칭하는 게 아니며, 건물보다 오히려 중요한 것이 건물과 건물 사이에 놓인 공간이고, 그 공간과 건물이 하나로 엮인 조합이라는 게다. 이런 그의 건축적 시각은 봉정사 영산암 안마당에 대한 이야기에서도 들을 수 있었다.

전문가들이 말하는 건축 미학을 떠나서라도 선운사 대웅전과 영산전은 빈 공간으로 둘러싸인 섬과 같은 느낌을 받는다. 하긴 선운사는 동백꽃만이 예전의 아름다움을 간직하고 있을 뿐이라고 평하는 사람도 있다. 하지만 어디 아름다움이 공간과 건물의 어울림에만 있겠는가. 공간에 서린 이야기들이 있어 더 아름답지 않은가. 바로 선운사는 한국지성사의 빛나는 논쟁으로 일컬어지는 추사와 백파선사의 용쟁호투가 서려 있는 곳이기도 하다.

매표소 오른쪽 부도밭에 있다가 성보박물관으로 옮겨진 백파선사 부도비는 선운사 최고의 명물로 유홍준 교수가 꼽았던 유산. 그가 『나의 문화유산답사기』에서 '웅혼한 힘' '힘찬 필치' '방정한 해서체' '마치 송곳으로 강판을 뚫는 힘' 등의 표현을 쓰면서 극찬함으로써 유명해진 비碑다. 일흔 살 노인이 된 추사는 이 비문을 지으면서 백파를 일러 '華嚴大宗主화엄대종주 白坡大律師백파대율사 大機大用대기대용'이라고 썼다. 극찬이다. '스님같이 무식하고 경솔한 무리들은 캄캄한 산 귀신 굴속에 떨어져 다만 입으로만 지저거려대며 사설邪說 망증을 일컫지 않는 자가 하나도 없다'며 막말을 했었던 추사가 백파선사의 비문을 지으면서는 '화엄대종주요 대기대용'이라 쓰며 지극한 공손과 존경을 바친다.

　백파가 누구던가. 초대종정 석전 박한영스님의 스승인 백파는 추사의 지기인 초의선사와 치열한 선禪 논쟁을 벌였던 바, 그 싸움에 56세의 추사가 끼어들어 '백파망증 15조'라는 글로 격렬한 비판을 가했던 것이다. 백파는 추사의 글을 보고 "반딧불이 수미산을 태우려고 덤비는 꼴'이라며 가볍게 받아넘겼다고 하는데, 70세에 이르러 백파를 추앙하는 비문을 지은 추사와 대흥사에서 초의에게 원교 이광사의 현판을 떼어버리라고 일갈했다가 제주 유배에서 돌아오면서 다시 걸라고 했던 추사가 겹친다. 시대의 천재로 자부심이 남달랐던 추사가 고난을 통해 성숙하게 익었던 것이니, 때로는 고난을 피하기만 할 일은 아닌가보다.

　선운사는 참선 도량. 그래서 주련이 없다. 불립문자不立文字 교외별전教外別傳. 문자에 억매이지 않음의 표방이다. 도는 본래 문자로 표현할 수 없는 영역이고, 문자가 오히려 수행에 걸림이 될 수 있으므로 그 경계를 삼는 전통이겠다. 어쨌든 주련이 지닌 뜻을 짐작해보면서 생각을 고르고 마음을 들여다보는 시간들도 어쩔 수 없이 생략된다. 아쉬운 일이다. 문자가 진리를 표현하는 방편에 불과하다지만 그것은 방편에 집착해서는 안된다는 뜻이지 글 자체가 필요치 않음을 의미하는 것은 아니지 않던가. 부처의 말씀을 전하는 경서와 수많은 선사들의 어록이 남아 전하고 있는 것으로도 가히 짐작할 만하지 않은가. 마음에서 마음으로 전해지는 게 도라 하여도, 석가가 꽃을 들어보였을 때 가섭이 미소를 지어 화답했다 하여도, 우리네 대중들에겐 달을 가리키는 손가락이 나침반이 될 수도 있음이니.

　빈 공간을 채우는 건 바람이다. 아무 것도 채울 수 없어서 바람은 오히려 텅 빈 마당을 채운다. 그렇게, 바람은 매어둘 수 없어 사방으로 흩어지고 또 달려든다. 활짝 열려 있어 바람은 자유를 만끽하고 몸은 움츠러든다. 동백이 피어난 화창한 날이었다면 선운사는 어떻게 다가왔을까?
　오래 머물러 있지 못한다. 길지 않은 시간 동안 경내를 서성이며 셔터를 끊고 보니 마음 또한 매인 데 없는 바람처럼 절집을 벗어난다. 천왕문 옆으로 난 쪽문을 통해 밖으로 나선다. 들어갈 때는 인지하지 못했던 쪽문의 존재가 왠지 어색하다. 문 옆의 문. 큰 대문을 뚫어 작은 쪽문을 달아놓은 것과 한 가지라고 할까. 냇물을 가로질러 걸려 있는 돌다리 또한 새삼 눈에 거슬렸던 것은 쪽문에서 받은 느낌 때문이었을지도 모를 일. 소박하고 조촐한 다리를 놓았다면 좋지 않았을까.
　하긴 눈에 보이는 것들에 너무 마음 쓸 일도 아니긴 하다. 행복한 추억은 아름다운 풍경이 아니라 사람이 불러오는 게 아니던가.
　함께 찾았던 길벗은 블로그에 이런 글을 남겼더라.

　동백이 아직 먼 삼월의 선운사엔
　청순한 낯빛의 스님이
　꽃보다 아름다웠다.
　동백이 아직 먼 이유를 알겠네.

오두산 검단사

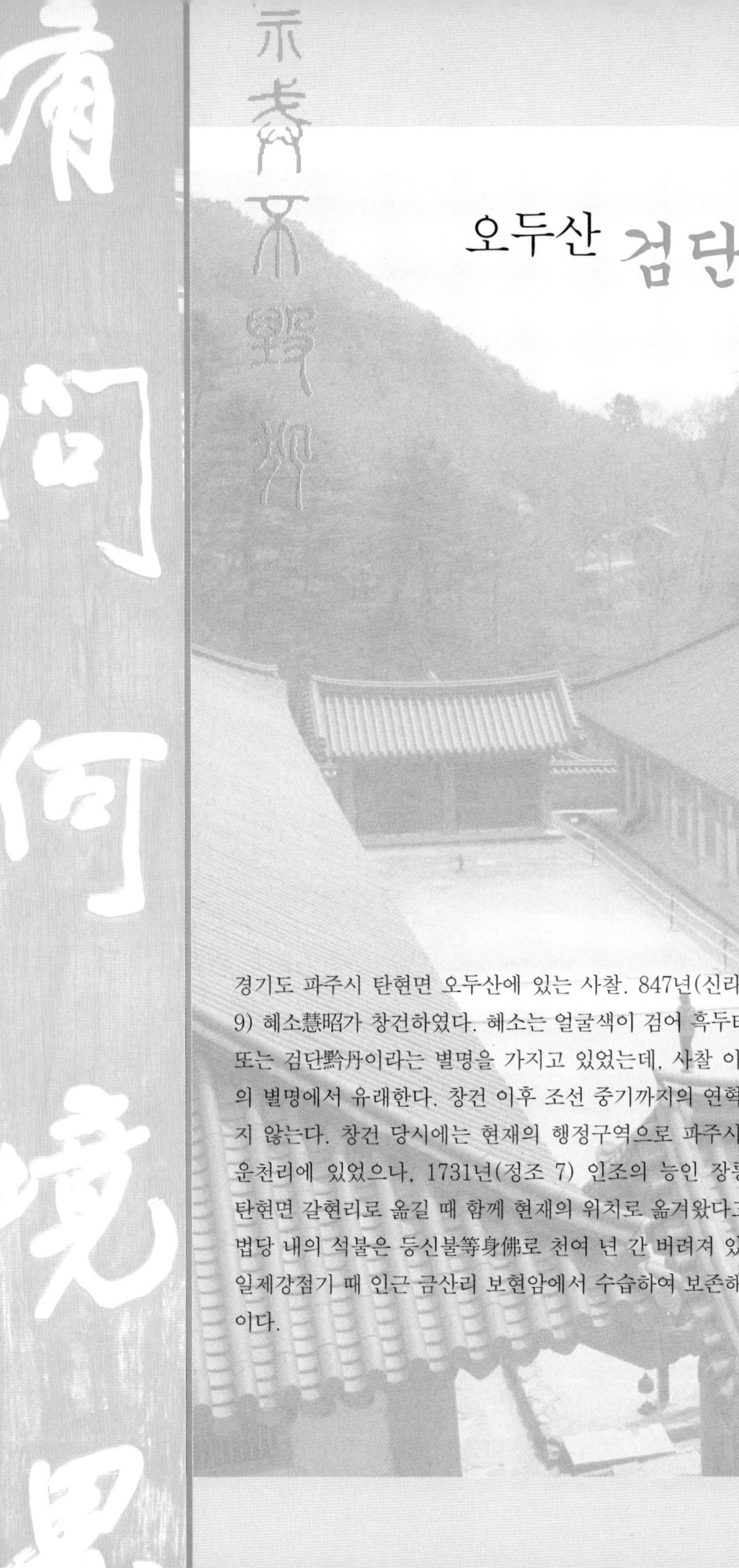

경기도 파주시 탄현면 오두산에 있는 사찰. 847년(신라 문성왕 9) 혜소慧昭가 창건하였다. 혜소는 얼굴색이 검어 흑두타黑頭陀 또는 검단黔丹이라는 별명을 가지고 있었는데, 사찰 이름은 그의 별명에서 유래한다. 창건 이후 조선 중기까지의 연혁은 전하지 않는다. 창건 당시에는 현재의 행정구역으로 파주시 문산읍 운천리에 있었으나, 1731년(정조 7) 인조의 능인 장릉長陵을 탄현면 갈현리로 옮길 때 함께 현재의 위치로 옮겨왔다고 한다. 법당 내의 석불은 등신불等身佛로 천여 년 간 버려져 있던 것을 일제강점기 때 인근 금산리 보현암에서 수습하여 보존해오던 것이다.

바람이 울다

한적한 시골동네를 뒤덮은 수천수만의 자동차 행렬. 여기는 파주 통일동산이다.

새로 들어선 프리미엄 아울렛이 문을 열고 이틀째인 토요일, 한강을 따라 치달려왔을 자동차들이 쇠털처럼 박힌 그 길에서 시대의 욕망을 읽는다. 그렇다, 욕망하는 시대다. 그 수단이야 어떠하든 가지고 싶은 건 가져야 하는 게 선善인 시대다. 하여, 한적한 길을 따라 저녁 무렵 느긋하게 산책을 하는 할아버지 할머니 아줌마 아저씨들을 만나보는 풍경은 이제 꿈속의 꿈이 된다.

절집은 거기 있다.

나는 그 절집 무량수전 처마 끝에서 우는 풍경소리를 들으러 가는 길이다. 차르랑 차르랑….

내 사는 곳에서 가까운 곳임에도 자주 들렀던 절집은 아니었다. 아니다, 첫걸음이다. 어쩌면 몇 시간쯤은 길을 잡는 과정을 밟아야만 여행다운 여행이라고 생각했던 것일까. 바로 근처 동네에 상추니 신선초니 치커리 따위에 삼겹살을 올려 볼이 터지게 썹으러, 해물탕이니 칼국수 그릇에 젓가락을 꽂으러 들렀을지언정 이미 들러본 '곁지기'가 적극 추천했음에도 무심히 흘려들었던 그 절집을, 하필 오늘 간다. 절집은 새로 생긴 명품 아울렛을 안고 오뚝하게 솟아 강을 내려다보는 검단산 기슭에 앉아 있다.

차르랑, 차르랑
바람이 운다.
처마 서까래 끝에서
바람을 거슬러 헤엄치는
물고기 한 마리
철조망으로 막힌 강이 그리워,
운다.

철조망을 뚫고 몰아 닥치는 강바람이 거세다. 늙은 느티나무, 감나무 가지들이 허공에 법문을 쓰고, 무량수각 처마 아래에서 물고기가 방황하며 운다.
쏟아지는 바람.
눈 아래로 투-욱 튀었다.

절집은 제법 경사가 있는 시멘트 길을 따라 모퉁이를 돌면 감췄던 몸피를 드러낸다. 수줍지 않다. 본래 들어앉은 자리가 좁직한지라 옹색스럽고, 전우殿宇들의 내력 또한 대단할 바가 없어서 그다지 보고 말고 할 것도 없다. 실망하지 마시라. 근래에 지어진 무량수각 돌층계에 앉아 내려다보는 강만은 아득히 넓고도 깊다.

"집 한 채 지어놓고 살자면 딱 좋겠지?"

'곁지기'의 말이 맞다.

수행하는 것 또한 인간이 살아가는 한 모습이라면, 이곳이야 말로 아주 좋은 수행처가 아닐 것인가. 그래서 얽힌 절집 역사 또한 초라한 겉모습과 달리 꽤 깊다. 847년 신라 문성왕 9년에 터를 닦았다는 설이 있다. 말 그대로 천년사찰이다. 얼굴이 검어 흑두타 또는 검단이라는 별명을 가진 혜소스님이 창건했다고 하며, 절 이름은 여기에서 유래한다. 짧게 보아도, 본디 문산 운천리에 있었던 절을 정조 연간에 인조의 무덤인 장릉을 인근으로 옮기면서 함께 옮겨왔다고 전하니 수 백 년이다. 인근의 장릉에 제사를 지낼 때 쓰인 두부를 이 절집에서 만들었단다. 그럼에도 절 살림은 펴지 못했나보다.

山徑無人鳥不回　　산경무인조불회
孤村暗淡冷雲堆　　고촌암담냉운퇴
院僧踏破琉璃界　　원승답파유리계

江上敲氷汲水來   **강상고빙급수래**

조선의 기인으로 이름 높았던 시인은 검단사를 찾아 이렇게 읊었다. 그가 눈 쌓인 길을 걸어 찾아왔던 때에도 이 절집은 외롭고 쓸쓸하고 가난했던가 보다. 흑백의 풍경 속에서 꼬물거리며 강으로 물을 길러가는 스님의 모습이 선하게 겹치듯 이 절집, 사람의 그림자는 끊겨 있고 그저 붉은 진달래만 자욱하게 피어 고적하다. 거찰에 들렀을 때의 분주한 걸음이 이곳에서는 있을 리 없다. 이것저것 찾아보고 말고 할 게 없으니 나머지 시간은 가만히 앉아 마음을 쉬는 일이다. 아아, 이런 절집, 얼마만이던가. 본디 눈으로 보이는 것에 혹하지 않는 성질머리라서 내게는 오히려 좋은 시간이다.

봄이고, 바람이 불고, 나는 한가하다.

강은 비어 있고, 희뿌옇게 가라앉은 하늘과 하얗게 반짝이는 강물 사이로 희미한 산자락들이 굽이쳐 멀리 흘러간다. 북녘, 우리가 걸음할 수 없는 땅으로 거침없이 뻗어가는 산맥들. 저 보랏빛 산맥 너머로 같은 말을 쓰는 다른 나라 사람들이 사는 산하가 있고, 그 산과 들판을 지나 서쪽 바다를 건너면 몇 년의 시간 너머에서 청천 날벼락처럼 증오의 포탄이 쏟아지던 섬이 있겠지.

철조망 너머 텅 빈 강물 위로 하수상한 적의가 흐른다.

절집에서 키우는 개들이 요란하게 짖는다. 사부대중을 가리지 않고 맞아야 할 절집에서 피를 토하듯 개가 짖는다. 그리고 그 날선 소리들 사이에서 차르랑 차르랑, 물고기가 운다. 저 아래 강으로 돌아가지 못해 물고기가 운다. 촘촘히 막아선 저 철조망을 뚫고 산 아래 강물로 돌아갈 수 없음으로 하여 운다. 두류산에서 방울방울 모여 남에서 북으로 그리고 다시 남으로 244킬로미터를 흘러온 임진강, 오대산 염불암 혹은 태백의 검룡소를 시원으로 하여 수도 서울의 젖줄이 되는 한강. 두 강이 서로 섞여 몸을 풀기 시작하는 강이요 바다인 조강祖江의 풍경은 철조망에 갇혀 못내 쓸쓸했으니, 물고기는 바람을 헤쳐 헤엄치며 그저 운다.

그렇다.

강물은 철조망에 갇혀 있다.

하긴 이 땅의 어느 바다가 저런 보기 흉한 군사시설로부터 자유로울 수 있겠는가. 그러니 행주산성이 서울을 방어하는 전초기지가 되어야 하는 현실에서, 자유로를 따라 견고하게 뻗어가는 철조망은 이 시대의 진경산수화가 아닐 것인가.

노을이 진다. 아직은 헐벗은 나뭇가지 너머로 강물이 흐르

法華殿
학업성취 소원성취

고, 바람이 흐르고, 시간이 흐른다. 남과 북을 오르내리며 흐르는 강. 가깝지만 또 멀리 흐르는 강이다. 노을 내리는 저곳에서 누군가 내 피붙이는 하루치의 노동을 마치고 집으로 돌아가고 있을까? 하여, 따뜻한 밥상을 두고 마주앉아 도란도란 하루치의 이야기를 나눌까? 하루치의 기쁨 분노 슬픔 행복 사랑을 풀어놓을까? 하루치의 꿈을, 하루치의 희망을, 하루치의 미래를?

하긴 가소로운 사념일 뿐이다. 내 언제 쓰리고 아프도록 갈라진 민족의 아픔에 대해 번민했더란 말인가. 그저 '통일'이란 말은 내게 모호하기만 한 공염불에 불과하지 않았던가. 곁에 있는 가족, 친구, 이웃, 지인들에게 조차 무심하면서 겨레가 하나 되는 '우리의 소원'을 말하는 이 염치없음은 뭐란 말인가. 진보와 보수, 동과 서가 편을 갈라 으르렁거리는 현실에서 남과 북은 그저 아득할 뿐. 한때, 소를 몰아 분단을 건너고 남북의 정상이 서로를 끌어안아 성큼 다가서는가 싶던 봄날은 이미 기억 속에서도 가물거린다.

강에서 불어오는 서늘한 바람에 산등성이를 붉게 색칠한 진달래가 파르르 떤다. 차르랑 차르랑, 바람 속에서 물고기가 운다. 그물에 잡히지 않는 바람처럼 세월 또한 속절없다. 김수환 추기경은 고백하기를 사랑이 머리에서 가슴으로 내려오기까지 70년이 걸렸다고 하니 나 역시 100년쯤이면 가슴으로 사람을 사랑하게 될지도 모를 일이고, 또 그때쯤이면 남북이 하나가 되어 있을지도 모를 일이다. 꿈을 버리지 않는 한, 아무 것도 끝난 게 아니라 하지 않던가. 도를 깨닫는 일조차 세수하다

코를 잡는 것처럼 쉽다고 하지 않는가.

_ 무량수전

한글로 쓴 무량수전의 주련을 읽다가 문득 생각해 본다. 깨달음의 경지란 대체 어느 곳을 이름인가 하고.

이런 생각을 해본다.

돌은 돌이고 꽃은 그저 꽃일 뿐이건만 그 뒤에 또 다른 무언가가 숨어 있다고 생각해서 공연히 찾아 헤매는 것은 아닐까 하는 생각.

빈 선반을 뒤지며 공연히 발뒤꿈치를 애써 세워 더듬는 건 아닌가 하는 생각.

어쩌면 깨달음이란 어떤 거창한 질문에 대한 해답을 찾음에 있는 것이 아니라 내게 붙어 있는 편견과 아집에서 벗어나 있는 그대로의 모습을 보는 일, 그대로를 말하는 일일지도 모르겠다는 생각.

돌은 돌대로 꽃은 꽃대로, 그래서 깨달음은 세수를 하면서

코를 만지는 것처럼 쉽지만 그렇게 쉬울 리가 없다는 알음알이
로 인해 먼 곳을 더듬어 찾아 헤맸을지도 모르겠다는 생각.

　몇 시간씩 차를 타고 유명한 절집을 찾아갔을 때가 아니라
곁에 붙어 있는 초라한 절집에서 오히려 따뜻한 위로를 느낄
수 있는 것처럼 깨달음의 경지 또한, 혹, 대단한 그 무엇이 아
닐지도 모르겠다는 생각.

　명부전의 주련은 지장보살이 수없이 가르침을 내렸어도 어
리석은 중생은 그저 밖에서만 진리를 찾고 있다고 안타까워하
고 있더라.

지장보살 손 위 구슬 영롱하여

자연스레 빛깔 따라 비추시네.

몇 번인가 친히 부촉하셨으나

이 한 중생 밖으로만 찾고 있네.

　_ 명부전

달마산 미황사

전라남도 해남군 송지면松旨面 서정리 달마산 중턱에 있는 절. 749년(경덕왕 8)에 의조가 창건하였다고 전한다. 의조가 경전과 불상을 소에 싣고 가다가 소가 크게 울고 누웠다가 일어난 곳에 통교사를 창건하고 마지막 멈춘 곳에 미황사를 지었는데, 소의 울음소리가 지극히 아름다워 '미美' 자와 금인을 상징한 '황黃'자를 쓴 것이라 전한다. 국토 최남단에 있는 사찰로 경내에는 대웅전(보물 947), 응진당(보물 1183)과 명부전, 달마전, 칠성각, 만하당, 세심당 등이 있고, 부도전이 유명하다.

삶의 길 죽음의 길

하루 네 번,
버스는 오고 간다.

버스에서 내려서면 일주문이다. 승용차든 버스든 바퀴 달린 것들을 이용하지 않는다면 꽤나 먼 길을 걸어와야 했을 테다. 일주문을 넘어 꺾여진 길을 따라 밋밋한 계단을 오른다. 거대한 바위를 끼고 돌계단이 풀어진다. 절집 지붕들이 떠오른다. 그 지붕 위로는 달마산 깎아지른 암봉巖峰. 절집은 열 두 폭 돌병풍 속에 들어 있다.

계단은 낮으막하고 보드랍게 휘어지며 오른다. 길이 갈라진다. 부도전을 택한다. 오른쪽으로 밀고 올라가는 길이다. 거친 시멘트로 포장된 그 길을 파란색 일 톤 트럭이 앞선다. 그렇게 제법 가파른 언덕바지를 오르고 나면 이제는 흙길. 무성한 나무 이파리 사이로 파도처럼 겹겹이 쌓인 산 능선들이 풀어지고 그 너머로 남쪽 바다가 아득하다.

걷고 걷는다. 혼자서 걷는 길은 늘 생각에 잡힌다. 숲은 무성하고, 어디에선가 새가 울고, 문득 외로워진다. 터벅터벅. 발바닥에 밟히는 땅의 울음이 선명하다. 수덕사 방장 원담스님이 꽃상여를 타고 가던 숲길이 겹쳐진다. 수많은 만장과 꽃으로 장식된 그 상여는 절집 뒤로 이어진 숲길을 지나 활활 타올랐더랬다. 그랬다. 삶과 죽음을 오락가락하는 생각들이 엇갈렸던 건, 마치 기시감처럼, 하나의 기억이 이 길에 겹쳐졌기 때문이리라. 죽은 자들의 세계와 통하는 길. 이 절집의 옛 선사들 또한 이 길로 너울렁더울렁 무감각의 육신을 끌고 갔으리라. 생각해보니,

산다는 게 문득 개꿈이지 싶다.

부도전. 담장에 기대 무릎을 괴고는 담배 한 개비를 뽑아 문다. 가늘고 희뿌연 연기가 말리고 꼬이고 풀어지며 대기 속으로 녹아든다. 무無. 등줄기를 타고 차갑게 식은 땀방울이 또르르 구른다.

한낮의 햇살과 침묵을 흔들어 깨우는 바람 속의, 주인을 알 수 없는, 저 부도들. 푸른 이끼로 뒤덮인, 물고기와 토끼와 거북과 사슴과 게와 같은 물건들이 볼록하게 새겨진, 한 인간이 누렸던 삶의 찌끼가 담긴, 정지된 시간의 흔적들… 부도전은 그저 적요하다. 문득 홀로 와서 홀로 보내는 시간이, 그래서 내 마음껏 세상과 분절돼 보내는 시간이, 넉넉하게 가슴에 안긴다. 인간은 그 끼리에 섞여 살 때 행복해지는 동물이지만 가끔

은 혼자 보내는 시간도 필요한 요상한 동물 아니던가.

　오랜만이지 싶다. 절집에 와서 이런 시간을 가지게 될 거라
는 생각, 하지 못했다. 나는 늘 외부인이었고, 관찰자였을 뿐이
니까. 그래서 늘 껍데기만 훑고 지나가는 자였으니까.
　배낭을 베고 누워 부도전의 돌무덤 사이로 떠 있는 하늘을
본다. 흘러가는 구름도 없고, 시리도록 파랗지도 않다. 그저 맹
맹하고 몽롱하다, 내남 없는 삶처럼.
　석비에 새겨진 기록조차 비에 깎이고 바람에 닳아 희미해
진, 소멸한 이들 사이에 누워 맥맥한 하늘을 바라보는 기분은
기묘하다. 한 시절, 대선사大禪師로 경외되었을 존재들의 희미
한 흔적들 틈에 기대 오락가락 허망한 사념만 길다. 인간으로
서 가질 수밖에 없는 질기고도 질긴 욕망을 끊고 그들이 얻은
게 무엇이었는지, 그게 어떤 의미가 있는지, 그게 그들에게 평
화를 주고 행복을 주었는지. 삶과 죽음의 경계에 누워 삶을 생
각한다. 행복이란 걸, 번민이란 걸, 희망이란 걸, 욕망이란 걸.
하여, 홀로 무리 지은 돌무덤 사이에 앉아서도 잠잠해지지 못
하는 시끄러운 이 마음이란 게 또 무엇인지를.
　두서없이 떠올랐다가 사라지는 생각들이,

　메모지 위에서 어지럽게 꿈틀거린다.
　머릿속에서 떠도는 생각들의 실체가 한낱 허공에 흩어지는
담배연기와 별반 다를 것도 없는 것처럼 내가 뒤쫓고 있는 행
복한 삶도 그러하지 않을까 싶었다. 그저 행복은 인식의 차이

에 불과할지도 모른다는 생각이 문득 들었다. 똑같은 상황에 놓이더라도 누군가는 행복을 느끼고, 누군가는 불행을 느끼고, 다른 누군가는 그저 흘려보내나니… 하여, 어떤 사람은 힘든 노동으로 삶을 이어 가면서조차 행복을 말하지만 어떤 사람은 호화로운 곳에 몸을 누이고 성찬을 앞에 두고서도 그저 고통만 붙잡고 있는 것처럼, 행복이란 게 각자의 인식에서 비롯되는 탓인 게다.

그렇다.

행복은 무언가를 얻는 데서, 이루는 데서 오지 않는 게다.

우리는 원하는 것을 얻었을 때 행복질 수 있을 거라고 믿곤 하지만, 그런 믿음은 신기루에 불과하다는 걸, 우리는 안다. 움켜쥐는 순간 손아귀로부터 빠져나가는 모래알처럼 그런 믿음은 배신당하기 쉽다는 걸, 우리는 또 안다. 무언가를 이루어가는 과정 속에서 우리는 행복할 수도 있고, 불행할 수도 있는 걸, 우리는 또 안다. 단지 인식의 차이에 의해, 삶을 대하는 차이에 의해 달라진다는 걸, 우리는 안다.

달라지지 못한다. 발목을 붙잡는 욕망은 태산만큼이나 무겁다. 잡아야 할 것은 그래서 늘,

'지금, 여기다.'

이루고 싶은 미래가 아니라 지금, 여기에 있는 마음.

내가 불안하고 불행하다고 느끼는 건 늘 '존재하지도 않는 미래를 살고자 함에 있다.'

어떻게 현재를 살아가는 게 올바른가. 현재를 사는 올바른

태도는 무엇인가. 참선을 하고 종교에 귀의하는 것도 어쩌면 이런 질문에서 비롯될 터이지만, 부도의 굳게 닫힌 문짝 속에 들어앉은 스님들은 어떤 답을 구했을 것인가. 알 수 없다. 환몽처럼 햇살 쏟아지는 부도밭에서 허망한 생각들만 어지럽다. 머릿속에 오락가락하던 생각들이 휘발하고 난 뒤, 메모지를 채운 생각찌꺼기들은 뒤죽박죽 혼란하다. 아무 맛도 없는, 메마른 문장들을 헤집으며, 새 한 마리가 낮은 하늘을 비틀거리며 날아간다. 새가 날아간 자리에는 어떤 흔적도 남아 있지 않다. 그러하다.

사람이 왔다가 가는 길도 저러하리라.

捨塵園界欲昇天　　사진환계욕승천
積善修仁是最先　　적선수인시최선
命若露凝春草上　　명약로응춘초상
身如雲掛暮山前　　신여운괘모산전
金銀未足圖千載　　금은미족도천재
玉帛焉能保百年　　옥백언능보백년
唯願檀那知此意　　유원단나지차의
幸逢佛法樹良緣　　행봉불법수양연

티끌세상 떠나서 정토에 나려거든
어진 마음 착한 행실 닦아야 하네.

목숨은 봄날 풀잎에 맺힌 이슬 같고

몸뚱이는 저문 산에 걸린 구름과 같다네.

금은보화 귀하지만 천 년을 기약하지 못하고

옥과 비단 좋다 해도 죽을 때는 가져가지 못 하네.

바라노니 불자님들 이 뜻을 깊이 새겨서

다행히 불법을 만났을 때 좋은 인연 심으소서.

_ 세심전

도둑처럼 주머니 속에서 선율이 튀어나와 달아난다. 앙드레 가뇽의 '바다 위의 피아노'다. 꺼내 든 전화기에서는 멀리 서울에 있을 선배의 번호가 뜬다. "뭐 해?" "해남 미황사 부도밭

이야.” “하, 팔자 좋군.” “이것도 일이라면 업무 중인 셈이지.” “그런 일 같으면 땡큐겠다.” 하긴 ‘땡큐’다. 선배는 나로 하여 금 이만 ‘땡큐’가 되지 못하는 세상으로 나가야 할 시간이라는 걸 깨닫게 해준다. 그러니까 오랜만의 고독과 오랜만의 빈 밥 그릇 같은 상념으로부터도 빠져나갈 시간인 셈이다.

배낭을 둘러메고 왔던 길로 걸음을 놓는다. 편백나무와 동 백나무 숲을 지나 ‘천년옛길’을 따라 오르면, 깎아지른 절벽 위 에 제비집처럼 걸려 있는 도솔암에 닿게 될 테지만 뒷날을 기 약해야 한다. 이미 해는 많이 기울고 가야 할 길은 멀다. 바라 는 게 없으니 아쉬움도 없다. 등 뒤에서 다가오는 파란색 일 톤 트럭을 앞세워 보내며 나무 사이로 고개를 빼 바다를 향해 돌 아선다. 바다는,

보이지 않는다.

부도밭에서 돌아오는 길에 들른 절집은 고적하였다. 승속을 떠나 사람이 보이지 않아 텅 비었다. 거찰이라 할 수는 없어도 비좁다거나 작아 보이지 않았고, 화려하지 않은 대신 청초하다 는 느낌이다. 깎아지른 바위 봉우리들을 호위병 삼아 해남과 진도 일원의 다도해를 품어 안아서 아름다운 절집이다.

그냥 아름답다. 절집은 둘째 치고, 절집을 품어 안은 달마산 이야말로 ‘남도의 금강산’으로 칭송될 만큼 기암과 괴봉이 줄 기줄기 이어져서 제주와 완도를 한꺼번에 둘러볼 수 있는 최상 의 절경을 자랑하는 곳이라며, 버스에서 만난 아주머니는 자랑

이 대단했었다. 능선에 올라 내려다보면 다도해의 많은 섬들이
서로 머리를 맞대고 두런거리는 모양새라 하였던가.

두어 송이 연꽃이 피어 있던 작은 연못을 지나 대웅보전 앞
에서 한동안 떠나지 못했다. 단청을 벗어서 보드랍고, 수줍고,
화장기 없는 맨얼굴을 드러낸, 여인이었다. 햇살과 비와 바람
과 사람의 손길들이 묻어 있고, 갈라진 기둥 틈바구니 사이로
흘러 지나는 시간들이 있었다. 아름다움은 오히려 꾸미지 않는
것에 있음을 비로소 실감하는 순간이었 다.

하지만 본래부터 보전이 맨살의 나뭇결을 드러내고 있었던
건 아니다. 1751년에 지어졌고, 1754년 중수하면서 단청을 했지
만 250여 년 동안 바닷바람 쐬며 오는 동안 씻기고 씻겨 오히려

소박한 아름다움을 갖게 된 게다. 시간의 힘이다. 그러니까 시
간은, 어떤 것들은 추레하게 만들지만 어떤 것들은 이토록 아
름답게 만든다.

대웅보전의 또 다른 특별한 면은 석가모니불을 가운데 두
고 아미타불 약사여래불을 좌우로 모신 대웅전 고유의 불상 배
치와, 천장을 가득 장식한 범어 단청과 천불벽화다. 미황사만
의 보물이다. 범어 단청 곳곳에 그려진 부처님에게 세 번씩 절
을 올리면 한 가지 소원이 이루어진다고 하니, 소원 한 가지를
이루고자 하면 3천 배를 올려야 하는 셈이다. 쉽게 원하는 것을
얻고자 하는 세태를 미황사의 부처님은 은근히 질책하시는 게
아닐까.

낮게 엎드려야 한다. 낮게 엎드릴 때, 미황사는 또 하나의
아름다움을 더 보태 보여준다. 기둥을 떠받치고 있는 주춧돌.
이 절집에는 게와 거북과 물고기들이 살고 있다. 기둥과 들보
를 떠받치는 게와 거북과 물고기들은, 1300여 년 전 범패를 울
리며 서역 우전국의 배가 들어왔다는 옛 전설을 나직한 목소리
로 들려준다. 낮에는 태양을, 밤에는 별빛을 받으며, 그 배는
불법을 널리 펴고자 쉼 없이 거친 바다를 항해했을 게다.

晝現星月夜開日　　주현성월야개일
夏見氷雪冬見虹　　하견빙설동견홍
眼聽鼻觀耳能語　　안청비관이능어
無盡藏中色是空　　무진장중색시공

대낮에 별과 달이 보이고 밤중에 해가 뜨네.
여름에 얼음과 눈을 보고 겨울에 무지개 보며
눈으로는 듣고 코로는 보고 귀로는 말을 하니
모든 법문 가운데서도 색이 곧 공이네.
_응진전

어느 곳에나 있고, 어디에도 없다.
낮에는 해를 반기고 밤에는 별과 달을 섬기면 그만이다.

낮에 보이지 않는 별과 달을 찾고 밤에 태양을 가린 어둠을 탓할 것인가. 만약 누군가의 말처럼 사랑하는 만큼 아름답게 느껴지는 거라면,

나는 이미 이 절집을 사랑하게 되었다.

이제는 다른 세상으로 건너간 시인 고정희가 사랑했던 절집이기도 했으니 그녀와 나는 통하는 사이다. 시인은 사람의 본래 면목과 우주의 비밀을 엿보는 자,

창가에 앉아 이 글을 쓰는 동안
우아한 날개를 접으며 백로가 무논에 내려앉는다.
삶은 늘 고즈넉한 시간 속에서 무심하고 가볍게 흘러간다.

掌上明珠一顆寒　　장상명주일과한
自然隨色辨來端　　자연수색변래단
幾廻提起親分付　　기회제기친분부
暗室兒孫向外看　　암실아손향외간

손바닥 위에 차고 밝은 구슬 하나
중생이 지은 업보 분명하게 가려내네.
수없이 깨우쳐 주고 친절하게 일렀건만
미혹한 중생 캄캄한 방에서 밖을 살피고 있구나.

_ 명부전

面上無嗔供養具　　　면상무진공양구

口裏無嗔吐妙香　　　구리무진토묘향

心裡無垢是眞實　　　심리무구시진실

無垢無染是眞常　　　무구무염제진상

入定頭陀是劫精　　　입정두타시겁정

多聞尊者一生忙　　　다문존자일생망

성 안내는 그 얼굴이 참다운 공양이요

부드러운 말 한 마디 미묘한 향이로다.

깨끗해 티가 없는 진실한 그 마음이

언제나 한결 같은 부처님 마음일세.

선정에 든 가섭존자 천겁토록 고요한데

많이 아는 아난존자 한평생 바쁘구나.

_ 향적당

若人欲識佛境界　　　약인욕지불경계

當淨其意如虛空　　　당정기의여허공

遠離妄想及諸趣　　　원리망상급제취

令心所向皆無碍　　　영심소향개무애

만약 누가 부처의 경계를 알고자 한다면,

마땅히 그 뜻을 허공과 같이 깨끗이 하라.

망상과 모든 집착에서 멀리 벗어나,

마음이 향하는 바가 모두 걸림이 없도록 하라.

三界猶如汲井輪　　삼계유여급정륜

百千萬劫歷微塵　　백천만겁역미진

此身不向今生度　　차신불향금생도

更待何生度此身　　갱대하생도차신

삼계는 우물의 두레박 같아서

백천만겁을 지나도 티끌에 불과하네.

금생에 이 몸을 제도하지 못하면

또 다시 어느 생을 기다려 이 몸을 제도할까?

_ 자하루

擬將修福欲滅罪　　의장수복욕멸죄

後世得福罪還在　　후세득복죄환재

但向心中除罪緣　　단향심중제죄연

各自性中眞懺悔　　각자성중진참회

복을 닦아 죄를 멸하려고 한다면
후세에 복은 얻을지라도 죄는 그대로네.
다만 마음 속 죄의 연원을 없애면
각자의 마음 속에서 참된 참회가 되리라.
_ 만세루

見聞覺知無障碍　　견문각지무장애
聲香味觸常三昧　　성향미촉상삼매
如鳥飛空只麼飛　　여조비공지마비
無取無捨無憎愛　　무취무사무증애
若會應處本無心　　약회응처본무심
是卽名爲觀自在　　시즉명위관자재

보고 듣고 알고 깨달음에 걸림 없으면
소리와 향기와 맛과 촉감 그대로 공부라
새들이 저 허공을 날아가듯이
얻음과 버림도 미움과 사랑도 모두 떠나리라.
경계에 부딪혀 무심할 수 있다면
관자재보살이 따로 계시랴.

_ 망은당

동리산 태안사

곡성 동리산 자락에 있는 사찰로 대안사大安寺라고도 하며, 화엄사의 말사다. 742년(경덕왕 1) 신라 때 스님 세 분이 창건하였다고 하며, 개산조開山祖인 혜철국사가 법회를 열어 선문구산禪門九山의 하나인 동리산파桐裏山派의 중심 사찰이 되었다. 고려 중기 이후부터 사세가 축소되기 시작하였고, 조선시대에 억불 정책으로 배불정책으로 쇠퇴했다.

효령대군이 머물기도 했으며, 적인선사 부도와 탑비, 대바라, 동종 등의 문화재를 보유하고 있다.

고개 숙인 부처

고요함의 극치이지만
미소들이 풀풀풀 날아다니다 멈추는 곳
내 유년의 발걸음들도 멈추는 곳,

이곳에 내리는 눈도 미소다
이곳에 내리는 비도 미소다
이곳에 내리는 햇살도 미소다

– 조태일, '고개 숙인 부처' 일부

'국토와 식칼의 시인' 조태일을 낳고 기른 태안사. 하여, 햇살이 미소로 쏟아지는 가람이요 눈도 비도 미소되어 흐르는 절집이다. 대처승의 정기를 받고 태어나 "나의 시는 태안사에서

비롯되었고 태안사에서 끝이 난다"고 말하곤 하던 시인. 소외
된 민중과 그들이 살아가고 뼈를 묻는 이 땅을 사랑했던 시인
의 목소리를 동리산 태안사에서 다시 듣는다.

발바닥이 다 닳아 새 살이 돋도록 우리는
우리의 땅을 밟을 수밖에 없는 일이다.
숨결이 다 타올라 새 숨결이 열리도록 우리는
우리의 하늘 밑을 서성일 수밖에 없는 일이다.
_ 조태일 '국토 서시' 일부

절집 가는 길은 부조리한 현실세계에 맞서 인간이 인간답
게 살아가는 세상을 줄기차게 노래했던, 이 '행복한' 시인을 기
념하는 시문학관에서 비롯된다. 이곳에서 오 리쯤 절집으로 이
어지는 숲길은 계류溪流와 더불어 오르고, 고로쇠나무 떡갈나
무 단풍나무 소나무들이 어깨를 겯고 걷는다. 기암괴석을 쓰다
듬고 때론 후려치며 흘러내린 물줄기가 한숨 돌리듯 소를 만들
고, 걸음을 재촉하듯 폭포를 만들며 보성강으로 남쪽바다로 나
아가고, 봄에는 신록이, 여름에는 시원한 계곡과 녹음이, 가을
에는 타오르는 단풍이, 겨울에는 순수한 국토의 뼈로 아름다
워, 새소리 바람소리 물소리가 사시사철 노랫가락으로 흐르는
길. 다섯 개의 다리를 만나게 되는 길이다. 속세의 미련을 미처

끊지 못했다면 그만 돌아가라는 귀래교歸來橋가 첫 번째다. 마음을 깨끗이 씻으라는 정심교淨心橋가 두 번째요, 세속의 번뇌를 끊고 지혜를 얻으라는 반야교般若橋가 세 번째이며, 깨달아 도를 이루라 이르는 해탈교解脫橋가 네 번째다. 그리고 그 마지막은 세속에서 불계로 들어가는 경계인 능파각凌波閣. 자동차로 곧장 들어가면 대부분 놓치고 마는 다리들이다.

천천히 갈 일이다.

여행하는 마음이란 늘 그런 법이다.

마음을 목적지에 두면 도중道中은 그저 지루하거나 고단한 시간일 수밖에 없다. 그리고 그런 여행은 마음에 아무런 자국도 남기지 못한다. 그러니 천천히, 아주 천천히 걸을 일이다. 삶은 언제나 출발점과 종착점 사이에 있다.

다섯 개의 다리들 중에서 사람들을 끄는 건 역시 마지막 능파교다. 계곡을 베고 누워 있는 다리, 능파각. '능파凌波'란 물결을 가볍게 걸어 다닌다는 뜻이니 가인佳人의 아름다운 걸음새를 이르는 말이지만 이곳의 능파는 '파도를 넘듯 세속의 모든 번뇌를 끊어버리고 청정한 부처님의 품으로 들어오라'는 의미쯤 되리라. 계곡 양측에 자연 암반을 이용해 석축을 쌓고, 커다란 통나무를 얹어 기초를 만들고 건물을 올렸다. 왜 이렇게 불리한 위치에 건물을 지어 올리는 것인지 인간의 심리를 잠시 생각해보다가 그만둔다. 모든 것이 합리적인 선택만으로 결정된다면 삶은 참으로 따분하리라는 생각도 문득 들었던 것 같고, 바위 벼랑 위에 암자나 정자를 짓는 집요함에 대해서도 잠시 생각이 미쳤던 듯싶고, 무엇보다 실용뿐 아니라 멋스러움까지 생각하고 실천할 줄 알았던 옛 사람들에 비해 우리는 많이 기능만 따지고 좀스러워진 건 아닌지 회한도 들었던 것 같다.

누각에 이르러 걸음을 멈춘다.

발 아래로 흘러내리는 물소리가 서늘하다. 순천 선암사 승선교, 송광사 삼청교, 여수 흥국사 홍교만큼이나 사진가들에겐 널리 알려진 촬영 포인트가 되는 곳이 바로 능파교. 다리를 건너면 이어지는 돌계단은 초록 이끼로 자욱하다. 태안사가 간직한 가장 큰 아름다움을 꼽으라면 주저 없이 이 계단으로 이어지는 길을 꼽겠노라 말하는 사람 또한 보았으니 오래 묵은 돌계단과 좌우로 심지 굳은 소나무가 허공으로 솟아 도열한 그 공간은 무겁고도 깊다. 태안사로 오르는 오솔길과 그 끝에서 만나게 되는 능파각은 어쩌면 이 돌계단 길을 보태주기 위해 존재하는 것이 아닐까.

계단을 밟고 오르면 태안사 일주문. 일찌감치 지났어야 할 일주문이 안쪽으로 들어와 있다. 주변에 경찰 충혼탑이 세워지고 연못이 만들어지면서 능파각 아래쪽에 있던 일주문을 위쪽으로 옮겨놓았다. 본래 절집 건물이 들어서는 법식에 어울리지 않는 바는 있어도 계단을 올라 일주문을 들어서면 곁으로 다가오는 부도전의 분위기와 잘 어우러지니 굳이 격식에 어그러졌다고 어깃장을 놓을 일은 아니다.

부도전에 오래 머문다. 마치 나무를 다루듯 단단한 화강암을 섬세한 솜씨로 깎고 어루만진 광자대사의 부도와 부서진 탑비가 시선을 붙잡고 놓지 않는다. 그 아름다움과 경이로움을

미천한 글로 표현하는 것은 오히려 모독이리라. '모나리자'를
이발소그림으로 만들어버리는 어리석음이리라.

일찍이 태안사를 들은 바 없었다. 하여 이 절집이 송광사나
선암사, 지리산 화엄사와 같은 대찰을 말사로 거느렸던 대가람
이었다는 말에 놀라움이 있었고, 우리나라 선종이 처음 열린
아홉 산문 중에서 지금까지 법등이 꺼지지 않고 이어진 유일
도량이라는 걸 알고는 불학不學을 탓하였다. 또한 한국전쟁의
참화가 계속되는 동안 불타버린 가람을 다시 일으켜 세운 스님
이 미숫가루 한 끼와 장좌불와로 40여 년 수행을 이어온 근년의
대선사 청화스님이라는 걸 알고는 또한 심사가 뭉클했다. 이쯤
해서 청화스님에 대해 이야기하지 않을 도리가 없겠다.

1923년에 태어난 스님은 전라남도 무안의 부잣집 도련님이
었다. 속명은 강호성. 나이 열넷에 일본으로 건너가 5년제 중
학 과정을 마쳤고 돌아와서는 교육에 뜻을 두고 광주사범학교
를 졸업한 뒤 고향에 망운중학교를 세워 잠시 아이들을 가르쳤
다. 결혼을 해서 부인과 아들 하나를 두기도 했다. 출가를 결행
한 곳은 공부하기 위해 들어갔던 1947년의 백양사 운문암. 나이
스물넷. 스님을 불문으로 이끈 것은 근대의 숨은 도인으로 알
려진 금타화상이었다.
　스님은 마음속에 맺힌 의혹을 풀기 위해 전국의 토굴을 전
전하며 수행을 계속했고, 누가 보든 말든 평생 하루 한 끼 공양
을 실천하고 눕지 않는 수행을 통해 깨달음을 갈구했다. 선지

威光遍照利群生

식들의 수행담에서 흔히 볼 수 있는 일화이기는 하지만 청화스님의 경우에는 도가 지나친 바가 있다. 제자인 성본스님이 기억해낸 옛일은 이러했다. 지리산 두지터 산꼭대기 옛 암자 자리에서 산죽과 억새로 오두막을 짓고 한 겨울을 지냈을 때의 일이라 한다.

"큰스님께서는 두지터에 대나무와 억새풀로 임시 처소를 만들어 극도의 고행 정진을 하셨다. 한겨울 지리산 높은 곳에서 더욱이 생식하시며 불을 때지 않은 바위에 앉아계시니 상상이나 되는가. 큰스님은 가부좌하고 계셨는데, 온 몸이 얼어서 얼굴이 검푸르다 못해 새까맣게 변해 있었다. 그런데 큰스님께서는 정작 맑고 온화한 모습으로 그렇게 편안히 대하셨다. 순간 가슴이 미어지더라. 큰스님께서 나를 보고 일어서시는데 다리가 펴지지가 않았다. 그래서 얼른 주물러 드리니까 '괜찮네, 괜찮네' 하시며 손수 몸을 쓰다듬으시며 일어나셨다. 나도 모르게 눈물이 흘렀다. 성자의 길을 간다는 것, 갈 수 있다는 것은 아무나 할 수 있는 일이 아님을 알았다."

1978년 전남 영암 월출산 도갑사 견성암에서 3년 결사로 안거했을 무렵을 해인주 보살 또한 회고한다.

"큰스님은 견성암에 계실 때 무엇을 통 드시지 않았다. 냄비에 밥을 하다 보면 까딱 실수로 태우기 쉽고 그러면 쌀 아까워, 씻기 사나워 참 고약스럽다고 하셨다. 거기에 금쪽같은 공부

시간이 흐트러진다는 것이다. 그래서 큰스님은 물에 불린 생쌀하고 솔잎을 드셨다. 그러다 그만 치아가 다 못 쓰게 되어버렸다고 그러시더라. 그 말씀을 듣자마자 바로 미숫가루를 해 가지고 갔는데, 기척이 없었다. 서운한 마음으로 서 있는데, 땔나무를 해 가지고 내려오시더라. 육십 가까운 큰스님의 그 모습을 보니 왈칵 눈물이 나왔다. 그 와중에도 큰스님께서 얼른 보따리를 받아서 그대로 부처님 앞에다 놓고 기도를 해주시더라. 공양도 안 드시고…. 울면서 산을 내려왔다.”

이런 치열한 수행에 대해 스님 자신의 말씀이 《성자의 삶》에 나온다.

“몸뚱이도 분명 내 마음이 머물고 있는 집이라서 너무 무리하면 그만치 장애가 됩니다. 그러나 고집을 부리고 장좌불와 한다고 버티며 토굴 생활을 그래저래 30년을 했어요. 수행자로는 꽤 많이 했던 편이지요. 또한 토굴 생활이라는 것은 혼자이니까 저절로 묵언을 하게 됩니다. 한 4년 동안 오로지 묵언을 지키고 안 나오기도 했어요. 묵언도 나만큼 많이 한 사람도 드물 겁니다.

그리고 먹는 것은 낮 한 때인데, 아궁이에 불을 땔 때는 밥을 해서 먹기도 하지만 반찬은 깨와 소금을 볶아 섞은 것이나 김 가루를 간장으로 버무린 것이 고작이었어요. 사실은 그런 정도가 아니라 미숫가루만 먹고 석 달 동안을 지내기도 했어요. 그것도 결제 들어갈 때 짐도 무겁고 하니까 서너 되나 되는

미숫가루로 한 철을 지내기도 했지요. 미숫가루를 물에 타서 하루에 한 컵씩 먹고 석 달 동안을 지낸 거지요. 그리고 어떤 때는 하루에 둥굴레 가루 한 스푼을 물에 타 마시며 석 달 동안 지냈어요. 또한 어떤 때는 생쌀을 물에 불렸다가 한 숟가락씩 먹기도 했고요. 하여튼 내 토굴 생활이라는 것은 표현하자면 비참한 생활이었지요. 그래서 어떤 때는 내가 내 몸뚱이를 너무나 학대하지 않는가 하여 몸에 대하여 가엾은 생각을 하기도 했어요. 그러나 나에게는 다분히 유익했다고 봅니다. 그리고 어느 정도 공부에 힘을 얻어야 그렇게 할 수 있다는 생각이 듭니다. 그러나 내가 철두철미하게 모든 걸 바르게 살았다는 것은 아닙니다. 요즈음에는 나같이 토굴 생활을 하려는 사람은 거의 없고, 그래서 권고할 생각도 없습니다.

한 번은 백장암 저 위쪽 천 미터 이상 되는 높은 데 조그만 토굴을 마련해서 한철을 지냈어요. 삼동이 임박해서야 아무런 준비도 없이 겨우 들어갔지요. 방이라 해야 사방 일곱 자 정도의 협소한 공간인데도 추운 겨울에 따뜻하게 하려면 장작이 하루에 여남은 개비는 들어가야 합니다. 그런데 나무 준비를 충분히 안 했어요. 그래서 장작을 절약하기 위해 하루에 세 개씩 땠어요. 마음을 못 통하면 방에서 나오지 않으려고 지붕도 천 년 만 년 간다는 참나무 굴피로 이었어요. 참나무 껍질도 부족해서 촘촘히 올리지는 못했습니다. 그런데, 마침 그 해 비가 억수로 쏟아져 그 틈으로 빗물이 새어 들어왔어요. 우산조차 없으니 막을 길이 없었지요. 방바닥에 물이 홍건해져서 할 수 없이 나무토막을 놓고 그 위에 앉아서 빗물을 퍼내면서 지냈습니다. 그때는 또 생식을 했습니다. 지리산이기 때문에 추운 지방이라 계곡물이 얼어버렸어요. 생식을 하느라 따뜻한 물은 필요 없으나 찬물마저 얼어붙어서 물을 구할 수가 없었어요. 그래서 얼음을 깨서 양푼에다 넣고 불을 때서 녹인 물을 좀 마셨습니다. 생식도 콩가루나 깻가루를 섞어서 하는 것이 아니라, 쌀만 불려서 그냥 먹었습니다. 찬물에다가 쌀만 불려서 그냥 먹었으니 소화가 잘 될 수가 있겠습니까? 설사도 하고 여간 고통이 아니었습니다. 그런데도 '무아無我'라는 소식이 마음에 와 닿지 않는단 말입니다. 그런 가운데도 미운 사람은 밉고, 고운 사람은 곱단 말입니다. 나한테 좋게 한 사람은 분명히 보고도 싶고, 나한테 짓궂게 한 사람은 또 밉단 말입니다. 이것저것 다 버리고 '화두 하나만 들고' 이 목숨 다 바치겠다는 그런 각오로 들어갔지만 그런 속에도 '나'라는 관념을 떨치기가 쉽지 않더란 말입니다."

이토록 솔직한 마음을 듣기는 쉽지 않다. 한 소식은커녕 반 소식만 접어들어도 도통한 것처럼 허세 하는 이들이 많은 터에 치열한 수행을 견뎌낸 스님으로서도 깨트리지 못했던 지극히 인간적인 모습들을 날것으로 드러내는 스님의 모습은 감동스럽다.

스님은 계행을 잘 지켜서 몸이 청정하면 마음도 청정해지고, 어느 날 갑자기 확 트인 때가 있다고 했다. 그 때 가서는 자기 몸에 아무런 부담이 없어 자기 몸을 위하여 남을 희생시킬 수가 없다고도 했다. 공부를 해서 마음이 일념一念이 되면 '몸도 마음도 쑥 빠져버리는' 환희가 충천하는 기분이 된다고 했다. 자기 몸에 대해서 부담이 없을 때 마음은 더욱 더 맑아지고 천지와 우주 모두가 생명으로 보여 참다운 행복을 찾을 수 있다고도 했다. 그러다가 정말로 빛을 보고 몸이 가벼워지면 유연선심(柔軟善心: 부드럽고 선한 마음)이 되어 착한 마음이 차근차근 깊어진다고 했다.

스님이 대중들에게 모습을 드러낸 것은 1985년 태안사를 다시 세우면서다. 3년 동안 묵언정진하며 직접 등짐을 지고 터를 닦아 10년만에 지금의 대가람으로 다시 일으켜 세웠다. 세수로 예순이 넘어서였다. 마치 조주 스님이 여든까지 중국 천하를 주유하며 만행을 한 뒤에야 비로소 조주 관음원에서 법을 펴기 시작했듯이, 자신의 공부에 더욱 만전을 기한 다음 전법에 나서는 모습과 같지 않은가.

끝없는 고행으로 자신에게 엄격했던 스님이었지만 타인에게는 한없이 인자하고 자비로운 모습을 보였다 한다. 스스로를 낮추는 하심下心으로 찾아오는 모든 이들에게 경어를 사용하였고 언제나 맞절로 그들을 맞았다 한다. 자신을 만나러 산문 밖에서 찾아오는 이라면 이름 없는 거지라도 다 받아들였다 한다.

제자인 성전스님은 은사를 회상한다.

"1989년 추석 전날 어스름 저녁에 태안사로 갔어요. 장좌불와 일종식一種食, 호남의 도인, 그리고 초인적인 수행으로 수많은 일화를 남기며 수행의 빛을 전해온 청화스님을 은사로 모

시고자 나선 길이었지요. 청화스님은 대중과 함께 송편을 빚고 있었는데, 마치 그 모습이 송편을 빚는 것이 아니라 참선하는 듯 보였어요. 숨이 막힐 것 같은 긴장과 설렘 속에 내던져진 채 앉아 있는데, 스님이 빙긋 미소를 지으며 물었어요. '어떻게 왔나?' 출가를 하려고 왔다는 그 한 마디밖에는 하지 못했어요. 수 천 번도 더 상상했던 오늘이 아니던가. 또 이 순간을 위해 얼마나 많은 날들을 고심하며 출가의 변을 준비했던가. 그러나 입을 다물 수밖에 없었어요. 쏟아질 것 같은 맑은 눈빛 앞에서 무엇을 보태고 덜할까. 그저 몸을 낮추는 것 외에는 도리가 없었지요.

행자 시절 처음 맡은 소임은 청화스님 방에 불을 때는 일이었어요. 그러나 할 일이 하나도 없었어요. 올라가보면 이미 아궁이에서는 불이 알맞게 타고 있었고, 빨래도 가지런히 걸려 있었지요. 토굴은 언제나 정갈하고 맑아 숙연해질 정도였어요. 누구의 손도 빌리지 않겠다는 수행자로서의 원칙과 타인을 배려하는 자비심을 그 곳에서 배웠어요.

스님은 말로써 가르침을 주지 않았어요. 미숫가루 한 끼로 하루의 공양을 막음하는 스승의 모습에서, 수행자란 음식이 아니라 정진에서 힘을 얻는다는 것을 배웠지요. 그리고 누구에게나 맞절로써 맞이하고 존대하는 스승의 모습에서, 겸손이야말로 수행자가 갖추어야 할 위의요 덕목임을 깨달았지요.

한 번은 스님께 물었어요. '스님은 왜 가만히 앉아서 절을 받지 않으십니까?' 그러자 스님께서 이렇게 말씀하셨어요. '수행자에게 겸손을 빼면 무엇이 남겠는가?' 그날부터 저는 종일 겸손이란 말을 외우고 다녔어요. 스님의 공부를 따라갈 수는 없겠지만, 겸손한 스승 앞에서 결코 거만한 제자가 될 수는 없는 일이었으니까요.

미숫가루 한 되로 한 철을 나고, 장좌불와로 무섭게 정진하는 스승. 어느 날엔가 은사의 토굴을 찾아갔을 때 먼지가 뽀얗게 쌓인 신발을 보면서 얼마나 가슴 서늘해 했던지 몰라요. 들고 남이 없었던 초인적인 수행자, 그러면서도 남들을 위해 가끔은 당신의 원칙을 놓아버리고 먹는 시늉이라도 해주셨어요. '장좌불와'를 묻는 제자에게 '늙어서 가끔은 눕지요' 하며 미소 짓기도 하셨고, 강원에 공부하러 간 제자에게는 빳빳한 돈으로 용돈을 부쳐주시던 한없이 부드러운 스승이기도 했지요.”

'반세기 동안 투철한 수행과 무소유를 실천한 당대의 선승. 선禪은 물론 현대의 철학과 자연과학까지 아우르는 폭넓은 사상을 바탕으로 불교수행의 회통會通을 주장한 원통圓通불교의 주창자. 한없이 겸허한 마음으로 찾아오는 모든 이의 고통을 어루만진 성자.' 청화스님을 설명할 때마다 등장하는 수식어들이 이러 했다.

스님은 “금생 세연이 다했으니 이제 가련다”라며 2003년 11월 12일 곡성 성륜사에서 열반했다. “올 때도 빈손이었는데 마지막 가는 길을 호화롭게 할 필요가 없다. 그냥 거적에 말아서 일반 화장터에 가서 태운 뒤 그냥 뿌려라. 그렇게 해서 장례비용이 다소 남으면 불우한 이웃을 돕는 데 사용하라”는 게 남긴 말이었다. 다비식조차 스님에게는 사치스러웠던 게다.

그대들은 잘 있거라.

이제 그대들과 작별하리라.

내가 떠난 뒤에 세속의 인정으로 슬피 울거나

사람들의 조문을 받거나

돈과 비단을 받지 말고 승복을 입지 말라.

그런 법은 성인의 법이 아니며,

나의 제자가 할 일이 아니다.

마지막 날은 참으로 평안하였다 한다. "만행을 떠날 때처럼 승복으로 갈아입고, 평소에 쓰시던 모자까지 쓰시고는 10분만 앉아 있겠다고 말씀하셨다." 제자는 옆에 있으면서도 평소처럼 정진 하시는구나… 그렇게 생각하고 있었다고 한다. 스님은 그렇게 떠나갔다.

스님은 어디로 갔는가. 불가의 말이 오는 곳 없으니 가는 곳 또한 없다 하였다. 그는 영원히 소멸되었는가. 하여, 그의 죽음에 대한 태연한 태도에서조차 나는 나 자신의 죽음에 대해 아무런 위로도 받을 수 없음인가. 선승의 죽음에 이르러, 죽음에 대한 초연해짐도, 속된 삶에서 초탈해지지도 못하는 비루한 삶.

스님의 일생이 그저 영웅담처럼 귀에 들어왔다가 내 영혼에 가벼운 손톱자국조차 남기지 아니하고 사라지고 마는 것은 삶에 대한 내 태도가 가벼운 탓이리라. 이렇듯 절집을 찾아 잠시 머물러 메마른 영혼을 적시는 일 또한 다르지 않으리라. 어이하랴.

일주문을 지나 돌담으로 싸인 경내로 들어선다. 걸음은 느려진다. 계단을 올라 광자대사의 스승이요 동리산문을 열었던 혜철선사의 부도와 탑비가 서 있는 부도전으로 들어선다. 뒤를 따르던 이가 배알문 위턱에 머리를 찧고는 아이쿠 비명을 지른다. 겸손하게 들어서야 하는 공간이었다. 광자대사 부도와 흡사한 선사의 부도가 이른 봄의 햇살을 받으며 평화로웠고, 전각 지붕 너머로 하늘이 희붐하게 가라앉아 있었고, 물결치는 산들이 아지랑이 속에서 아스라했다. 천 년 세월이 하룻밤 하루 낮인 것처럼 맞닿아 있었다. 영광과 번영의 흔적들은 사라지고 효령대군이 시주했다는 대바라와 조선 초기에 조성된 동종, 혜철선사와 광자대사의 부도탑과 비, 이름을 알 수 없는 부도들만이 남아 묵묵히 흘러간 시간들을 증언하고 있었다. 그러함에도 내려오는 걸음으로 만난 선원禪院 기둥에 달린 주련은 호방했다. 조선말의 유명한 서예가인 성당惺堂 김돈희金敦熙가 쓴 꿈틀거리는 예서였다.

一粒粟中藏世界　　　일립 속중장세계
半升糖裏煮山川　　　반승당리자산천
香浮鼻觀烹茶熟　　　향부비관팽다숙
喜動眉間煉句成　　　희동미간련구성

좁쌀 한 톨 속에 온 세계가 들어 있어

라면 한 봉지 끓일 만한 냄비에 산천을 달인다. 당나라 때 도가道家의 진인眞人 여동빈이 혜해선사와 황룡사에서 시대를 뛰어넘어 도술과 선술을 겨루는 전설 같은 이야기 속에 등장하는 앞의 두 구절은 호방한 기상이 짝을 찾기 어렵다. 하기는 선지식으로서야 천 년 세월이 찰나지간이요 온 세상이 좁쌀만할 터이니 조막만한 솥이라고 산천을 담아 달이지 못할 이유가 있을까.

선원이 지어진 것은 1830년대. 우리나라에서 차 문화가 꽃 피던 시기와 겹치고 보면 그 시절 태안사의 선승들 또한 차향을 꽤나 맡았으리라. 창암 이삼만, 성당 김돈휘라는 유명 서예가의 글씨가 태안사의 일주문에서부터 배알문, 해회당 그리고 선원 현판과 주련에 이르기까지 자리를 잡고 있는 것도 우연은 아니리라. 차 한 잔을 앞에 두고 승속僧俗 간에 아름다운 어울림이 있었으리라. 하여, 선원에 성당의 글씨가 주련으로 붙게 되었으리라. 혜철선사의 부도전 뒤편 대숲에서 파릇하게 돋아나던 그 죽로차였을까. 한 잔 마셔본 바 없건만 어인 일인지 차향이 풍겨오는 듯도 싶었다.

喜動眉開煉句成
香浮鼻觀烹茶熟
院

半升鐺裏煮山川
一粒栗中藏世界

佛身普遍十方中　　불신보편시방중

三世如來一體同　　삼세여래일체동

廣大願雲恒不盡　　광대원운항부진

汪洋覺海渺難窮　　왕양각해묘난궁

究竟淸淨微妙法　　구경청정미묘법

威光遍照利郡生　　위광편조리군생

부처님은 온 세상에 계시니

삼세여래가 한 몸이시다.

광대한 원력이 항상 다함이 없으시니

넓고 넓은 깨달음의 바다 헤아리기 어렵다.

구경의 청정하고 묘한 법으로

위광을 두루 펴서 뭇 중생을 이롭게 하시네.

_ 대웅전

능가산 개암사

전북 부안군 상서면 감교리에 있는 절. 대한불교조계종 제24교구 본사인 선운사禪雲寺의 말사이다. 634년(우왕 35) 백제의 묘련妙漣이 창건하고 삼국통일 후 원효와 의상이 이곳에 머물면서 676년에 중수하였다. 1314년(고려 충숙왕 1)에는 원감국사圓鑑國師가 지금의 자리에 중창하여 대사찰의 면모를 갖추게 되었으며, 1783년(정조 7) 승담勝潭이 중수하여 오늘에 이르렀다. 보물 제292호인 대웅전大雄殿이 있다.

소금 꽃

버스는

거칠 게 없다. 6월, 이미 여름 날씨에 접어들어 눈에 뵈는 것마다 초록에 지치는 날. 이따금 스치는 붉은 황토밭이 오히려 싱싱하다. 하긴 여행이란 게 목적했던 곳보다 가는 길에서 만나는 것들이 더 아름답지 않던가. 늘 보고 만져지는 풍경들이지만, 일상에서 벗어나 길 위에서 마주치는 그것들은 방금 바다에서 건져낸 생선처럼 팔딱거린다.

그렇게,

드넓게 펼쳐진 남도 특유의 들녘과,
저 멀리 사람 사는 마을로 달려가는 전봇대들과,
새카만 망토에 수 천 수 만 십자가를 들고 서 있는 인삼밭들과,

개망초 흐드러진 언덕바지와, 그 뒤로 펼쳐진 낮게 엎드린 도란도란 정겨운 마을들과,

코를 찌르는 유월의 몸 냄새로 밤나무들이 서성이는 엎어진 접시 같은 산들과,

붉은 몸피의 소나무 그리고 노란 금계국으로 둘러싸인 한 쌍의 젖가슴처럼 봉긋 솟은 무덤과,

갈대 수런대는 강물을 건너,

버스는 간다.

부안이다.

예로부터 부안은 풍요로운 고을이랬다. 바다가 있어 갯것과 소금이 많이 나고, 들이 넓어 곡식이 넘쳐나며, 소나무가 많아 땔감 또한 많으니 이 만큼 갖추기 어렵다. 하여, 고려 말의 이규보는 부안을 일러 천부天富라 했다던가.

오래도록 풍요를 누리던 땅, 부안 능가산 기슭에 묵은 세월을 건너오는 절집이 있다. 개암사다. 산을 사이에 두고 등을 기댄 내소사에 비해 알려진 바가 적어도 그 못지않게 역사가 깊고 아름다운 가람이다.

조선의 여류시인 매창이 자주 찾았던 곳이며, 죽염의 발상지이기도 한 곳, 개암사. 유홍준 교수가 《나의 문화유산 답사기》에 썼던 일화 중 한 대목은 이러했다. 답사회원들과 내소사를 들렀다가 개암사를 들렀을 때, 한 회원에게 물었단다.

"개암사가 더 좋으니, 내소사가 더 좋으니? 둘 중 한 곳에 살라고 하면 개암사에 살래 내소사에 살래?"

이건 뭐, '엄마가 좋아 아빠가 좋아?' 정도의 질문일 수도 있겠는데, 질문을 받은 회원이 잠시 생각에 잠겼다가 내놓은 대답이 재밌다.

"전 개암사에 살면서 내소사에 놀러 다닐래요."

허걱. 어쩌면 그는 혹은 그녀는 유홍준 교수의 내심을 꿰뚫었던 것일까? 놀러 가고 싶은 곳은 아름다운 곳이겠으나 우리의 일상을 받아주는 곳은 심신을 편안하게 해주는 곳일 테니. 그 회원은 아마도 개암사를 집처럼 편안하게 느꼈는가보다. 사실 그렇다.

하지만 유홍준 교수가 책을 통해 찬사를 바쳤던 진입로의 풍경들은 사라지고 없다. 일주문은 중국의 무슨 구조물인 것처럼 큰 덩치에 화려한 치장을 달고 있었고, 길을 따라 흐르는 개울 건너엔 행락객이 술추렴을 벌이며 웃음소리 날리는 평상이 늘어서 있었고, 전나무들이 늘어선 진입로는 잿빛 아스팔트로 덮여 말끔했다. 잿빛 포도 위로 뜨거운 햇살은 쏟아져 흩어지고, 햇볕을 피해 들어간 전나무 숲은 걸음을 편하게 받아주지 않는다. 음… 내소사가 낫다.

불이교不異橋를 건너니… 웬걸, 생각이 바뀐다.

절집을 안고 있는 산세는 편안하다. 무슨무슨 전殿이며 당堂이며 각閣이 돌계단 위로 떠오른다. 미황사처럼, 절집은 돌병풍 속에 들어 있다. 하여 개암사는 고목들이 좌우로 벌려선 불이교 어름에서 볼 때, 아름답다.

길벗들이 주변에 퍼져 있는 차밭으로 흩어져 사진을 찍는 동안, 머문다.

나무 그늘 아래에 서서 절집을 본다. 개암사는,

닫혀 있다. 지붕 위로 벌려 서 있는 한 쌍의 거대한 바위로 만들어진 뿔. 울금바위라 했던가. 햇살은 뜨겁고 바위 봉우리는 눈부시다. 백제 부흥세력들이 최후의 항전을 벌였던 본거지가 이곳이었으며, 동학군이 본거지로 삼아 힘을 규합한 곳도 역시 이곳이라 했다. 다른 설이 있기는 하지만 그 실제가 어떠했든 믿는 사람이 많아지면 그게 또 사실이 된다. 백제 부흥군이 최후의 항전을 벌였던 곳. 그래서 옛 이야기들이 전해져 내려오는 곳. 다시 찾고자 했던 그들의 나라는 어떤 나라였을까?

그들의 눈빛이 슬프다.

성벽처럼 버텨 걸음을 막는 축대 사이로 벌어진 계단을 통해 마당으로 올라선다. 가운데 단을 두어 나눈 마당은 넓게 비어 있고, 대웅전 지붕 위로 한 쌍의 쇠뿔처럼 울금바위는 솟아 있고, 석가모니를 중심으로 문수보살과 보현보살이 나란히 앉은 대웅전의 문짝이 활짝 열려 있고, 마당 가득 뜨거운 햇살이 탄다.

백제 무왕 35년(634년)에 처음 지어졌다가 임진년 난리에 불벼락을 맞았다가 조선 인조 무렵에 다시 지어졌다는 대웅전. 주련은 없다. 다른 전각들에도 역시 마찬가지다. 불립문자. 진리는 문자로 드러낼 수 없음이라 하지만 왠지 서운하다. 용이 머리를 내밀고 연꽃이 핀 건물은 단청조차 지워져 맨살이다. 덩치 큰 일주문을 떠올리다보면 절집은 아주 많이 소박하다. 비어 있는 공간이 많아서 한편으로 시원하고 한편으로 허전하기도 하다. 아마도 번잡한 세속에 익숙해진 눈 탓일 게다. 자연 그대로 비워진 공간보다 사람의 손으로 매만져진 것들에 더 눈길을 주는 습성 탓일 게다. 여전히 빈 것으로부터 더 가득 채우는 마음의 눈을 갖지 못했음이다.

이곳저곳 오락가락할 일은 없다. 잠시 법당에 들어서 용의 숫자를 헤아려보다가 나선다. 열여섯 마리라던데, 미처 다 찾지 않았다. 소원성취는 글렀다. 시간이 허락한다면 절 마당에서 왕복 한 시간쯤 거리에 있는 울금바위 아래 원효의 수행처로 올라도 좋을 것이고, 요사 툇마루에 앉아 한가로운 시간을 보내는 것만으로도 넉넉하겠지만 나는 혼자 몸이 아니다. 손을 모아 인사를 드리며 절집과 헤어지는 마음이 어느새 섭섭하다.

어쩌면 한눈에 잡히는 이 절집이 찾는 사람들의 발길을 그닥 오래 붙들어 놓을 것 같지도 않다. 서둘러 이곳저곳 기웃거리다 서둘러 사라질 뿐. 기실 개암사는 구경거리로 찾는 이들에겐 아무 것도 보여주지 않는다. 그렇다면, 농사대박 주식대박 사업대박, 흰색의 글씨로 기왓장에 소망을 적은 이들이 보았던 것들은 또 무엇이었을까. 일주문 옆에는 들어올 때 미처 보지 못했던 시구詩句 하나가 철판에 적혀 바람에 흔들리고 있다.

禍福無門　　　화복무문
惟人自召　　　유인자소
善惡之報　　　선악지보
如影隨形　　　여영수형

화와 복은 따로 문이 없으며
오직 사람이 스스로 불러들일 따름이다.
선과 악의 보답은 마치
그림자가 형체를 따름과 같다.

화와 복은 따로 문이 없으니 부처님 앞에 삼천을 헤아리며 엎드려 소원을 빌어본들, 기왓장에 적어 넣은들, 무슨 대수가 있을까. 생명을 유지하기 위해서는 반드시 필요한 소금처럼,

녁진구 인후1가
Ⓐ1이동1602
혀 : 농사 대박
옥 : 주식대박
휘 : 무사전역
우 : 평탄군복무

2010年 10
日本から以芳
本日 念願が
皆様 の
と
願い下す
尾歩

禍福無門 화와 복은 따로 문이 없으며,
惟人自召 오직 사람이 스스로 불러들일 따름이다..
善惡之報 선과 악의 보답은 마치
如影隨形 그림자가 형체를 따르는 것과 같다.

모자라지도 넘치지도 않게, 자신의 자리를 묵묵히 지키다 가는 삶, 그런 삶이야말로 내가 원하는 모습은 아닐까. 개암사 일주문을 나서며 문득 들었던 생각이 그랬다.

소금.

이중성의 물질.

먹지 않으면 목숨이 끊어지지만 건강에 해롭다고 비난받는 아이러니한 물질. 부패를 막아주는, 그래서 세상의 소금이 되라고 예수도 말했던, 그 소금. 개암사는 소금과 떼어놓을 수 없는 절집이기도 하다.

바로 죽염이다.

죽염은 대나무에 채운 천일염을 고온에서 굽는 과정을 아홉 번 거치면서 몸에 해로운 성분을 없애고 좋은 양분을 보강한 소금이다. 1300년 전부터 불가에서 민간요법으로 전승되어 온 것이라고도 하고, 근대에 인산仁山 김일훈(1909-1992)이 새롭게 발명한 것이라고도 하는데, 진표율사가 미륵으로부터 계시를 받으며 전수받았다는 말도 전한다. 그만큼 귀한 존재라는 뜻일까.

어쨌든 이러한 전설, 그리고 죽염의 필수재료인 대나무를 쉽게 구할 수 있는 곳, 소금을 얻을 수 있는 곳, 소나무 장작을 쉽게 구할 수 있는 지역, 이 네 가지 조건을 종합하면 가히 개암사를 죽염의 고향이라 꼽아도 어색하지 않을 것 같다. 실제로 개암사 주지로 주석했던 효산스님은 이 죽염의 전통 비법을 재현시켜 국내 유일의 무형문화재 23호(죽염제조장)로 지정받기까지 했다. 지금은 절집 아랫마을에 죽염 공장이 있어 한번쯤

그 과정을 견학도 해보고 뭐, 필요하다면 저렴하게 구입할 수
도 있겠지만 세상을 썩지 않게 하는 소금이 가진 뜻만 가져온
다 해도 좋지 않겠는가.

하긴 궁금하긴 하다.

과연 사람을 썩지 않게 할 수 있는게 있기는 한지.

문수산 축서사

경상북도 봉화군 물야면 개단리 문수산에 있다. 673년(신라 문무왕 13년) 의상이 창건한 뒤로 867년(경문왕 7)에 부처 사리 10과를 가져와 사리탑을 조성하였으며, 이후 참선 수행 도량으로 유명해졌다. 유물로 보물 제995호인 봉화축서사석불좌상부광배奉化鷲棲寺石佛坐像附光背가 유명하다. 높이 108센티미터의 비로자나불인 이 석불은 창건 당시 의상이 봉안한 것으로 통일신라 말기의 불상 연구에 귀중한 자료로 평가된다.

靈鷲山
鷲棲寺

차장 ↘

발아래 세상은 비구름에 잠겨

첩첩산골이다, 봉화는.

서울 두 배 면적에 4만이 못 되는 마음들이 드문드문 터 잡아 사는 곳.

춘양목이 자라고, 송이버섯이 자라고, '워낭소리' 할아버지가 구리방울 울리며 소를 몰아가는 곳.

학교를 오가다 숱하게 늑대를 만났었다는 어느 친구의 구라인지 사실인지 모를 이야기가 서려 있는 그런 곳.

축서사鷲棲寺는 그런 봉화의 맑은 자연 속에서 선의 향기를 풀어내는 절집이다.

절집 가는 길 언덕바지를 기어오르며,

버스는 거친 숨을 몰아쉰다.

분무기로 품어내는 물 알갱이처럼 바람을 탄 빗방울이 이리

밀리고 저리 흩어진다.

흰 꽃을 매단 사과나무 군락과 초록이 지친 보리밭과 함박눈 흩어지듯 꽃 이파리 떨치는 벚나무들이 물러난다.

금강송, 소나무 숲에서 우-우 바람이 몰려다니고 안개가 흩어진다. 모여든다.

문수산 중턱, 절집은 바람과 안개 틈에서 오락가락하며 높직이 걸터앉아 있다. 차가 닿지 못하던 그 시절이라면, 허덕허덕 마음과 몸을 함께 밀고 올라가야 했을 숨 밭은 언덕바지 길을 네 바퀴에 얹힌 몸과 마음으로,

기어오른다.

본디, 축서사에 대한 정보는 단 한 가지도 가지고 있지 못했고, 세상에 존재하는지조차 알지 못했더랬다. 묘한 인연. 책 몇 권 썼다는 걸로 생각지도 않게 작가라는 이들의 방부에 이름을 들이게 되었고, 우연스럽게, 아니 공짜라는 이유로 봉화군에서 마련한 팸 투어에 참가하게 되었고, 그 일정에 축서사 답사 일정이 들어 있었을 뿐이었다. 그랬다. 곧 만나질 그 절집이 어떤 내력을 지녔고, 어떤 모습을 하고 있을지 짐작할 수 없었다. 조성된 지 10여 년 남짓이라는 말을 듣고 보니 그다지 기대할 만한 절집도 아닐 것이었다. 설렁설렁 성의 없게 지어진 시멘트 냄새 나는 건물들로 채워진 그런 공간이 머릿속에서 오락가락하였으되, 영주 부석사만큼이나 절집에서 내려다보는 조망이 장엄하다는 말에 조금은 위안을 삼았던 차였다. 내가,

틀렸다.

들러보라. 바람 불고 비 오는 날이면 더욱 좋겠다. 안개 자욱한 날도 괜찮겠다. 가끔은 하늘과 땅과 나무들이 말을 건네는 듯한 느낌을 받는데, 나는 이곳에서 그러하였다. 육신의 눈으로 보는 일도 그닥 나쁘지는 않다. 비탈에 자리를 잡은 탓에 여러 단으로 나뉘어져 앉은 건물들은 척 보기에도 짜임새가 있다. 가람 조성에 상당한 신경을 썼음이 느껴진다. 돌기둥 위에 올라앉은 보탑성전 누각과 하얀 화강암 기단을 깔고 앉은 범종루가 내 딴에 좀 차갑고 딱딱하고 사람을 찍어 누르는 것처럼 느껴지긴 했어도 눈을 돌려 누각 계단 위에서 내려다보는 풍광만은 한껏 호방해서 마음이 열린다. 본디 명당으로 소문난 곳이라더니 안개에 오락가락하는 소백산의 장쾌한 산세가 과연 그러하였다.

"절터가 독수리가 웅크리고 앉았다가 막 날아가려는 그런 기상의 형국이래요. 독수리의 날카로운 이빨이나 발톱은 부처님이나 여러 보살님들의 날카로운 지혜에 비유됩니다. 지혜 도량, 대지大知 문수라고 해서 큰 지혜를 강조할 때 꼭 문수보살을 거명하거든요. 역사적으로 공부하고 수행하기 좋은 곳입니다. 지금도 선방에 스님들이 5개월 결재에 15시간 가행加行 정진하는 곳이지요."

이 절집을 중창한 주지 스님이자 문수선원의 선원장 무여 스님의 인터뷰에서 골라낸 말은 축서사와 문수산 사이에 놓인 함수를 드러낸다. 지혜의 상징인 독수리가 머무는 절집. 지혜 도량. 눈 푸른 납자들이 지혜를 닦기에 이만한 곳이 있을 것 같지 않다.

홀로 찾았더라면 느린 마음으로 저 산들을 움켜 부유했을 듯도 싶지만 누각 아래를 썩 지난다. 여유 있게 돌아볼 시간은 주어지지 않을 것이다. 이런 종류의 여행이 지닌 한계다.

수그러졌던 비가 조금씩 굵어진다. 대웅전을 가로막는 거대한 탑. 높이가 자그마치 15미터. 버마에서 기증받은 부처님 진신사리를 봉안했다는 탑이다. 불자의 입장에서 보면 성스러운 마음이 앞서겠지만 섬세함의 극치라는 그 탑이 내게는 오히려 절집 분위기에 누가 된다. 종루, 누각이 그 탑과 다 닮은꼴이다. 그래도,

너그러운 마음이 된다.

날씨를 제대로 맞추어 찾았다. 석축과 푸른 잔디로 마감된 기단 위에 놓인 대웅전과 보광전을 뒤에서 모셔 시립하고 있는 소나무 숲은 피어오르는 운무에 따라 오락가락한다. 숨 막히는 풍광이다. 비가 온다. 잦아든다. 온다. 잦아든다. … 바람이 분다. 처마 끝에서 마당으로, 마당에서 또 처마 끝으로 그리고 보광전 법당으로 기어들듯 들어선다. 유일하게 오래된 건물. 그러니까 조선말 항일 의병들의 근거지가 될 것을 염려한 일제 강도가 가람을 홀랑 태워버릴 때, 유일하게 살아남은 건물이다.

촛불조차 밝혀두지 않은 법당은 어둑하다. 장지문을 통해 들어오는 희미한 빛이 비로자나 부처님을 비춘다. 금광으로 번

쩍이는 대신 장지문을 통해 들어오는 희미한 빛 속에서 홀로 환하게 빛나는 돌부처님. 어둠 속에서 오히려 빛난다. 그러하다. 어둠은 빛의 존재를 증명한다. 빛이 사라짐으로써 오히려 그 빛을 드러낸다. 부처의 말씀 또한 그러할까. 말하지 않음으로써 말하고 드러내지 않음으로써 드러내는 것.

무릎 꿇는다.

엎드린다.

등골을 훑으며 흐르는 따뜻한 기운이 온몸으로 퍼진다. 드문 경험이다. 그러고 보면 수없이 절집을 드나드는 동안 손 모아 허리를 굽드렸어도 오체투지는 처음이기도 하다. 부처님에 대한 존경의 염이 없어서라기보다 아마도 어떤 뻘쭘함이었을 텐데, 대체 나를 오체투지 하도록 만든 건 부처의 뜻이었을까, 아님 아무도 없는 법당의 엄숙한 분위기 탓이었을까.

비로자나 부처는 주객이 나누어지기 전부터 계셨던 절대의 부처. 우리 생명력의 근원이요, 지금, 여기, 이곳에, 나를 나 되어 있도록 한 근원의 부처, 곧 법신불이다.

비로소 깨닫는다. 진리를 깨달음이 아니라, 부처의 앉음새가 다른 어느 곳과도 다르다는 것. 비로나자불은 법당 정면 장지문을 오른쪽으로 두고 앉아 있다. 애초 일제 강도들이 절을 태울 때 비로자나불과 광배만은 차마 태울 수 없어 대웅전에서 보광전으로 옮겨놓았다는데, 그때 좌정한 그 앉음새인 게다. 뒤에 제대로 모시지 않고 그대로 유지한 것도 괜찮은 생각이지 싶다. 그 앉음새 하나로 이야기가 만들어지고 그 이야기로 하여 생각도 역사도 더욱 풍성해지지 않을 것인가.

오래 머물 수 없다. 어쩌면 일행들은 이미 나를 기다리고 있
는지 오래되었을 것이다. 그들에게 공연히 누를 끼칠 수 없는
일이고 보면 떠나야 할 시간이다. 나서는 길에 보광전의 주련
을 스쳐가듯 카메라로 읽는다.

報化非眞了妄緣　　보화비진료망연
法身淸淨廣無邊　　법신청정광무변
千江流水千江月　　천강유수천강월
萬里無雲萬里天　　만리무운만리천

온천지가 진리의 몸 아닌 것이 없다. 중생심, 번뇌 망상이 없어지면 그대로 참된 법신이 비추어지고 법이 열리는 법이라는데 중생심을 버리고, 번뇌를 끊고, 망상을 끊는 게 어디 쉬운 일인가.

부슬거리는 빗속으로 들어선다. 닭실마을, 유과를 만들던 할매들, 이몽룡 생가… 새벽녘 시푸른 하늘을 보며 집을 나서 발품을 팔았던 반나절이 벌써 아득하다.

"번뇌의 불꽃을 지혜와 수행의 바람으로 꺼버리고 본래의 마음, 때 묻지 않은 청정한 마음으로 돌아가면 아무 괴로움 없이 안온한 즐거움을 느끼게 되는 게지요."

무여스님의 법문 또한 아득하다.

일행들은 보이지 않는다.

萬代輪王三界主　　만대윤왕삼계주
佛身普遍十方中　　불신보편시방중

光大原雲恒不盡　　광대원운항부진
三世如來一切同　　삼세여래일체동
雙林示滅幾千秋　　쌍림시멸기천추
汪洋覺解妙難窮　　왕양각해묘난궁

만대의 윤왕이시고 삼계의 주인이신 부처님

부처님은 몸소 온 세상에 고루 나타나셔

넓고 크신 서원 항상 그치지 않으시니

삼세의 여래께서 모두가 다 같으시네.

쌍림에서 열반을 보이시고 몇 세월이 흘렀던고

바다같이 넓은 깨달음 묘해서 다 알기 어렵네.

_ 대웅전

摩訶大法王　　마하대법왕
無短亦无長　　무단역무장
本來非黑白　　본래비흑백
隨處現靑黃　　수처현청황

위대하고 크신 부처님께서는

짧지도 않고 길지도 않으며

본래 검지도 희지도 않지만

곳에 따라 푸르고 누른빛을 띠시네.

_ 보탑성전

雲山說有千萬事　　운산설유천만사
海天廣茫本無言　　해천광망본무언
黃鶯上樹千里目　　황앵상수천리목
鶴入田地心豊富　　학입전지심풍부
色求有色還非實　　색구유색환비실
心到無心始乃明　　심도무심시내명
行李整收方丈入　　행리정수방장입
天雲散盡日輪晴　　천운산진일륜청

운산서 설한 말 가운데 천만 가지 일 다 있고
바다와 하늘 아득히 넓어도 본래 말이 없네.
나무 위에 노란 꾀꼬리는 천리를 보고
전답으로 들어가는 학의 마음은 풍요롭네.
색을 구해 색이 있어도 본래 실체가 없는 것
마음은 무심에 도달해야 비로소 밝아지니
행장을 정리하여 방장方丈을 찾아오라.
하늘의 구름 다 사라지고 해는 밝으 리라.

_ 심검당

湛然空寂本無一物　　담연공적본무일물
去來往復也無罣碍　　거래왕복야무괘애

靈光赫赫洞徹十方　　영광혁혁통철시방
臨行擧目十方碧落　　임행거목시방벽락
無中有路西方極樂　　무중유로서방극락
更無身心受彼生死　　갱무신심수피생사

깨끗하고 공적하여 본래 한 물건도 없으니
오고 가고 왕복함에 걸릴 것 하나 없으며
신령한 광채 밝아 온 세상 꿰뚫으니
갈 때 온 세상 바라보니 하늘은 탁 트이고
무 가운데 서방 극락으로 가는 길이 있어
다시 어떤 몸도 생사를 받을 것이 없어라.

_ 안양원

南坡猶自草靑靑　　남파유자초청청
一葉井梧秋信早　　일엽정오추신조
雁拖秋色過衡陽　　안타추색과형양
無暇轉頭關外路　　무가전두관외로
白日靑天雷影忙　　백일청천뢰영망
南山石虎吐寒霞　　남산석호토한하
北海泥牛湧碧波　　북해니우용벽파
最後別調誰善應　　최후별조수선응

남쪽 언덕엔 아직도 풀이 푸른데

우물가 오동잎 떨어져 가을임을 알리네.

기러기는 가을을 몰고 형양을 지나니

한가로이 머리 들어 밖에 길 볼 여가 없네.

밝은 날 푸른 하늘에는 천동으로 바쁜데

남산의 돌 호랑이 찬 안개를 토하고

북해의 진흙 소 푸른 파도에서 솟는데

이 최후의 특별한 곡조에 누가 능히 화답하랴.

_ 선열당

一念忘時明了了　　일념망시명요요
彌陀不在別家鄕　　미타부재별가향
通身坐臥蓮華國　　통신좌와연화국
處處無非極樂堂　　처처무비극락당

한 생각 잊을 때 또렷하니

아미타는 분명 딴 동네에 계시는 것 아니네.

온 몸 그대로 연화국에 눕고 앉으니

곳곳이 곧 극락당 아닌 곳이 없어라.

_ 적묵당

소백산 용문사

경북 예천군 용문면 내지리에 있는 절. 870년(경문왕 10)에 두운杜雲이 창건하였다. 1478년(성종 9) 소헌왕비昭憲王妃의 태실胎室을 봉안하고 1480년 정희왕후貞熹王后가 중수하여 성불산 용문사라 하였으나, 1783년(정조 7) 문효文孝 세자의 태실을 봉안하고는 다시 소백산 용문사로 고쳤다. 문화재로는 윤장대(보물 684), 용문사 교지(보물 729), 목불좌상 및 목각탱(보물 989), 대장전(보물 145 등이 있다.

청룡이 머무는 곳

사람들이 이동전화를 하나 둘 들고 다니기 시작할 무렵, 텔레비전 광고 하나가 인기를 끌었다. 스타배우 한석규와 스님 한 분이 흐르는 바람조차 초록빛이던 대나무 숲을 천천히 걸어가는 장면이 인상 깊던 어느 이동통신사 광고.

'잠시 꺼두셔도 좋습니다.'

소백산 용문사 일주문 앞에서 버스를 내려 허덕허덕 기어오르는 돌계단을 밟으며 문득 오래된 광고 영상을 떠올렸던 건, 따사롭고 기품 넘치던 영상 속의 스님이 바로 용문사 주지로 주석하시는 청안 노스님이기 때문이다. 포교의 한 방편으로 생각해서 출연을 결심했다고 하는데 세인의 관심이 지나치게 높아지자 산속으로 들어와 불사에 전념하게 된 계기가 되었고, 주지로 주석하면서 30여 년 전 일어난 화재로 기울어가던 절집을 하나하나 이루어 오늘의 용문사를 일으켜 세웠던 게다. 이

른바, 중창 스님이니 용문사의 얼굴이나 다름없다.

'용문사'란 이름을 가진 절집은 대략 셋이다. 천 년 은행나무로 알려진 양평의 용문사, 사천왕상으로 유명한 남해의 용문사, 윤장대가 유명한 예천 용문사. 모두 유서 깊은 사찰이다. 양평의 용문사는 용의 머리로, 예천의 용문사는 몸통으로 남해의 용문사는 꼬리로 비유된다는데, 나는 용 몸통으로 들어간다.

예천 용문사는 읍내에서 북쪽으로 15킬로미터 쯤 떨어진 북쪽 소백산 기슭 782미터 높이에 자리하고 있다. 절집 가장 위쪽에 앉아 있는 극락전을 등지고 서면 좌우로 흘러내리는 산줄기가 새둥지처럼 절집을 감싸고 있는 모습을 볼 수 있는데, 눈 맛 시원하게 전망이 터지지는 않았지만 답답하다기보다는 포근하다. 어미 품에 안긴 듯 따뜻하고 편안하다.

버스는 느릿느릿 숲에 안긴다. 길은 좁지도 넓지도 않게 휘어지고 펴지며 내밀한 숲의 속살로 밀고 들어간다. 적막하다, 때는 이미 가을이 늦어서 은은히 귀를 적시는 청아한 물 흐르는 소리를 뒤에 두고 가람으로 들어설 때에는 울긋불긋 화려했을 단풍도 속절없이 지고 말아 마른 낙엽이 돌계단 위로 자욱했고, 낙엽을 치우는 스님 등 뒤로 햇살만 노랗게 익을 뿐이었다.

한 해의 끝자락에서 만나는 절집은 왜 늘 가슴 한 편 촉촉하게 젖어오는가. 저만큼 앞서 계단을 오르는 붉은색 초록색 점퍼를 입은 여인들을 보면서 나의 가을을 생각했다. 그리고 오늘은 법당에서 언제나 그렇듯 웃음 한 조각으로 입술꼬리를 올리고 계실 부처님께 속 깊은 소원을 청하여 볼까 싶어지기도 했다. 삼배를 지어 올리며 들끓는 욕망을, 번뇌를 독백하며 풀어 달라 청하고 싶어지기도 했다. 아, 나는 그저 나약할 뿐이었다. 조금만 세상살이가 꼬이고 옹이가 지어지면 그저 매달릴 수밖에 없는 나약한 삼독 덩어리일 뿐이었다. 십자가 앞에서든, 부처님 앞에서든 스스로를 위해 소원 비는 걸 비웃었던 날들이 그저 오만이었음을 비로소 알았다. 나는 그저 절실하지 않았을 뿐이었다는 걸 비로소 알았다. 삐걱거리는 육신의 고통을 견디며 3천 배를 올리는 불자의 절박한 마음을 나는 알지도 이해하지도 못했을 뿐이었다는 걸 비로소 알았다.

급한 계단을 오른다. 발밑에서 낙엽이 부서진다. 윤회의 끝이며, 시작인가. 계단 위에서 회전문廻轉門이 맞는다. 윤회전생輪廻轉生에서 온 말이다. 집이 돌고 돈다는 뜻이 아니라 우리네 삶들이 오면 가야 하고, 가면 다시 온다는 뜻을 가진 전각이다. 중생들이 생사윤회의 고통에서 마음을 되돌려 해탈의 세계로 들어가라는 뜻을 가진, 다른 절집에서는 보통 천왕문(사천왕문)이라는 현판을 달고 있는 건물이다.

기다리고 계시던 연세 지긋한 해설사 선생이 맞는다. 공직을 은퇴하고 해설사로 봉사하신다는 그의 표정은 맑다. 자신이 알고 있는 걸 하나라도 더 알려주고 싶어 하는 열망이 입술에서 읽힌다. 알면 아는 만큼 더 이해하고 사랑하게 된다는 건 다들 익히 알고 있는 유명한 이의 책에서 읽은 말. 그 말귀에 공감하는 만큼 열심히 따라다니기로 한다. 말들이 유장하게 이어진다. 그의 설명대로라면 국내 최대 규모라는 사천왕이 위압적인 모습으로 내려다본다. 본디 경남 남해 용문사의 사천왕이 유명하다지만 이 절집의 사천왕도 만만치 않다. 쫄지 않는다. 나는 사천왕의 발에 무지막지 밟혀 비명을 지르는 악귀보다는 착할 테니까.

고개를 들어 정면을 바라본다. 대웅전 열린 문으로 부처님이 내려다본다. 계단을 올라 마당으로 올라서면 마당. 그리고 좌우로 늘어선 전각들, 중심 건물인 대웅전이 나를 내려다본다. 해설사는 예상을 깬다. 대웅전을 외면한다. 그의 걸음이 향하는 곳은 옆으로 비켜 앉아 있는 대장전.

하긴 그렇다. 용문사의 핵심은 대장전이다. 1984년에 큰불이 났을 때 대부분의 건물이 불에 타버렸지만 그 건물은 무사했었다. 법당 기둥 위에 조각된 용과 붕어와 연꽃과 귀신의 얼굴이 물을 상징하는 부적 역할을 하여 불귀신으로부터 벗어날 수 있었다고 설명한다. 사람이란 본래 믿고 싶은 대로 믿는 법이니 그렇게 생각한들 토를 달 일은 아니다. 하지만 대장전이 그만큼 중요한 건물이었기에 화염으로부터 지키고자 하는 의지와 노력이 더욱 컸으리라.

대장전(보물 145호)은 고려 명종 3년(1173년)에 지어졌다. 당호 그대로 경전을 봉인하기 위한 건물이다. 대장전 안에는 또한 두 가지 보물이 있다. 목불좌상과 목각후불탱이 그 하나다. 대추나무로 조각한 목불좌상은 국내서 가장 오래되고 크다. 목불상과 함께 보물 989호로 지정된 목각후불탱 또한 대추나무를 이용해 섬세하게 조각하고 금을 입혔다. 눈부시다. 이런 형태의 목각후불탱을 볼 수 있는 곳은 문경의 대승사, 상주의 남장사 등 다섯 곳이 넘지 않는다고 한다.

다른 하나는 문화재 보호를 위해 이제는 음력 3월 3일, 9월 9일에만 돌릴 수 있다는 윤장대. 불단을 중심으로 좌우에 1기씩 놓여 있는데 화려한 팔각정자 형태다. 마루 밑에 회전축의 기초를 놓아 윤장대를 올려놓고 지붕 끝을 건물 천장에 연결한 구조다. 아래 부분은 팽이 모양으로 뾰족하게 깎아 잘 돌아갈 수 있게 하고, 난간을 두른 받침을 올린 후 팔각의 집 모양을 얹었다. 팔각의 집 모양에는 모서리에 기둥을 세우고 각 면마다 여덟 개의 문을 달았으며, 문은 좌우로 구분되어 네 개의 문에는 꽃무늬 창살이, 다른 네 개의 문에는 빗살무늬 창살이 정교하게 꾸며져 있어서 그 문을 열면 서가처럼 단이 만들어져 경전을 꺼내볼 수 있도록 만들어졌다.

장인의 불심과 솜씨가 어우러져 저토록 아름다운 물건이 세상에 드러났을 것이지만 엉성한 필체로 적혀 있는 사람들의 이름들을 보노라면 가슴 한쪽 시려지기도 하다. 한때, 절 살림이 어려운 시절에 시주를 받고 기왓장에 소원을 적듯 이름을 적었다는 설명에 들었던 마음이었다. 복을 받고 싶다는 질기고도 질긴 욕망이여, 문화재가 어떤 가치를 지니는지에 대한 인식의 짧음이여.

용문사가 창건된 건 신라 경문왕 10년(870년), 두운선사에 의해서였다. 물론 고색창연한 역사를 지니고 있는 사찰답게 전설 또한 없을 리야. 두운선사가 이 산 입구에 이르렀을 바위 위에

서 용이 영접했다 하여 용문사라 하였다는 설이 있다. 〈신증동국여지승람〉의 기록이다. 다른 한편으로는, 왕건이 후백제 정벌을 위해 군사를 이끌고 지나는 길에 절에 들르고자 하였을 때 안개가 자욱해 길을 잃었고, 그때 청룡 두 마리가 나타나 길을 안내하였다는 설도 있다. 어차피 전설의 고향이니 믿고 싶은 대로 믿으면 그만이겠지만, 왕건의 설화는 이 지역이 왕건에게 우호적이었음을 보여주는 증거일 것이다. 실제로 왕건은 고려를 창건하고 이듬해 곧바로 용문사를 크게 일으켰으며, 그때부터 용문사는 고려왕조 내내 왕실과 밀접한 관련을 맺어 번창했다. 김보당이 난을 일으켰을 때에는 3만에 이르는 스님들이 모여 왕실의 안녕을 기원하며 대법회를 열었다고 한다. 조선에 들어서도 용문사는 왕실로부터 대접을 받아, 세조는 잡역을 면해주라는 명을 내렸는데, 그 교지가 현재 보물 제729호로 지정돼 용문사에 보관 중이다.

이처럼 왕실과 밀접한 관련을 맺으며 번창하면서 구한말과 일제강점기에는 대강백이 주석하던 영남제일강원이었다. 하지만 한국전쟁의 참화도 이겨낸 절집이 1984년에 일어난 화재는 이겨내지 못하고 대부분의 건물들이 불에 타버린 것은 무슨 업인가.

오늘날의 용문사를 일궈낸 청안스님은 회고한다.

"도량에는 잡초가 무성하고 다락 속에서는 문화재가 쌓여 있는데 좀이 슬고 있었어요. 그때 원을 세웠지요. 박물관을 세워 후손들에게 잘 물려주어야겠다고."

비장함이다. 자신이 해야 할 일을 분명히 인식하고 있는 사

람은 표정 하나 말투 하나마저 다를 수밖에 없다.

"전국 말사 중에서 가장 많은 문화재를 보유한 절이 바로 용문사에요. 보물 8점을 포함해 보물급만 15점이고 문화재 자료까지 합쳐 모두 315점을 보유하고 있지요. 용문사가 어떤 사찰이냐. 3대 용문사이자 연천 심원사, 선운사 도솔암과 함께 3대 지장도량이에요. 내 비록 나이 들고 힘이 부족하지만 원력을 성취할 겁니다."

청안스님이 힘든 불사를 자청한 이유, 마땅히 해야 할 일이기 때문이었다.

"어떤 원을 세워 어떻게 활동하느냐가 중요해요. 원을 어떻게 세우는가. 그것이 옳은가 그른가, 해야 할 일인가 아닌가만 보고 결정하면 돼요. 그 일이 내게 손해를 끼칠 것인가 이익을 줄 것인가, 아니면 내가 힘들 것인가 아닌가 하는 다른 이유를 고려하면 안 되는 거지요. 나이를 따져서도 안 되고, 심지어 포교를 위한 명분도 옳지 않아요. 옳으면 그냥 하면 되는 거지요. 용문사 불사를 해야 하기 때문에, 어려운 이웃을 돕는 것이 옳은 일이기 때문에 한 것뿐이에요. 나는 오직 이 일밖에 생각하지 않아요. 많은 사람들이 용문사에 와서 쉬기도 하고, 기도를 드리기도 하고, 그냥 들러서 부처님 말씀을 듣고 생각하는 기회를 갖게 되고… 그래서 마음이 편안해지고 부처님을 따르게 되는 선연善緣을 맺게 된다면 그것으로 족한 거지요. 용문사의 상징적인 문화재인 윤장대는 불경을 접하는 사람이 없는 시대에 누구나 성불할 수 있다는 가르침을 주기 위한 방편으로 조성한 거예요. 오늘날에는 현재에 맞는 윤장대 정신을 이어야

하는 거지요. 누구나 쉽게 찾아와 불법을 접할 수 있는 환경을
조성하는 게 오늘날 용문사의 사명인 거지요."

꽤 긴 시간이 흘렀다.

중국 황제가 썼다는 의자에도 앉아보고, 임진왜란 때 승병
지휘소로도 쓰였다는 대방전과 조응하는 자운루 마루에도 앉아
보았다.

다아 — 이루었다. 황제의 자리와 먼지 낀 누각의 마룻바닥
이 다르지 않았다. 그저 다리 아픈 내가 엉덩이를 내려놓을 수
있는 그 만큼의 공간. 황제의 마음으로 앉으면 거친 마룻바닥
도 용상과 다름없음이더라. 허니, 무엇 때문에 나는 그토록 스
스로를 괴롭혔는가. 마음자리 하나 바꾸는 그곳, 거기가 진리
의 자리 아닐까 싶었다.

깨달음의 산 가운데 서 있는 한 그루 나무, 세상이 만들어지
기 이전에 이미 그 한 그루 나무에 핀 꽃은 생명 본연의 꽃. 나
를 소중히 여김이다. 광대한 우주는 '나'가 모여서 이루어지는
것이다. 그럼에도 어쩌면 나는, 나의 삶을 함부로 다루며 헤매
고 다녔는지도 모를 일이다. 눈앞에 보이는, 현혹하는 욕망에
사로잡혀 본연의 나를 잃은 채 그림자의 삶을 살아왔는지도 모
를 일이다. 그래서 늘 두렵고 불안했는지도 모를 일이다. 나를
잃어버린, 그림자의 불안.

圓覺山中生一樹　　　원각산중생일수

開花天地未分前　　　개화천지미분전

非靑非白亦非黑　　　비청비백역비흑

不在春風不在天　　　부재춘풍부재천

원각산 속에 나무 한 그루 있어

천지창조 이전에 꽃이 피었다네.

그 꽃은 푸르지도 않고 희지도 않고 검지도 않으며

봄바람에 있지도 않고 하늘에 있지도 않네.

_ 응진전

漢武玉堂塵已沒　　　한무옥당진이몰

石崇金谷水空流　　　석숭금곡수공류

光陰乍曉仍還夕　　　광음사효잉환석

草木纔春卽到秋　　　초목재춘즉도추

處世若無毫末善　　　처세약무호말선

死將何物答冥侯　　　사장하물답명후

한 무제의 궁궐은 이미 티끌이 되었고

석숭의 별장에도 쓸쓸히 물만 흐르네.

세월은 빨라 새벽이다 싶으면 이내 곧 저녁이 되고

초목은 겨우 봄인 듯했는데 어느덧 가을이 되고 마니

세상을 살면서 털끝만한 선행도 못하면

죽어서 염라대왕에게 무엇으로 대답하리.

처음엔 띠가 들쑥날쑥 자라난 것일 거라 말했는데,

불이 나서 다 타고 보니 원래 땅바닥이 고르지 않았구나.

茫茫河水古佛心　　망망하수고불심

天極金剛法起體　　천극금강법기체

藏身龍角過碧海　　장신용각과벽해

大千世界呑吐客　　대천세계탄토객

망망한 강물은 옛 부처의 마음이요

하늘에 닿은 금강은 법의 근본이라

몸을 감춘 용은 벽해를 지나고

대천세계는 나그네를 삼키고 토한다.

_ 진영당

佛身普遍十方中　　불신보변시방중

三世如來一切同　　삼세여래일체동

廣大願雲恒不盡　　광대원운항부진
汪洋覺海渺難窮　　왕양각해묘난궁

부처님은 시방 세계에 두루하시니
삼세의 모든 부처님 한 몸이시네.
광대한 서원 구름 같이 다 함이 없고
넓고 넓은 깨달음의 바다 아득하여 끝이 없네.

_ 대장전

비룡산 장안사

경상북도 예천군 용궁면 향석리 비룡산에 있는 절. 의상대사의 제자인 운명선사가 창건했으며, 1627년(인조 5) 덕잠德潛이 중창한 이래로 근래에 이르러 법당의 기와를 갈고 대방을 중수하여 오늘에 이르고 있다. 조선 말기에 지어진 대웅전을 중심으로 하여 주지실로 사용하는 응향전, 승방 등의 건물이 들어서 있다.

경계 너머의 경계

비룡산, 그다지 높지는 않지만 주차장부터 이어지는 오름길이 길게 늘어져서 가느다란 다리는 자주 멈추라 한다. 하긴 어느 동네 야산이라고 내게 만만한 곳이 있기야 했던가. 겨우 20여 분 걸음임에도 머릿속에선 자꾸 남은 거리를 잰다. 고개를 들고 허리를 세워, 겹을 이루며 멀어지는 산들과 아득하게 풀어지는 늦가을 하늘을 바라본다. 산줄기를 넘고 내성천 물비늘을 핥으며 한줄기 바람이 온다. 서걱서걱 부서지는 소리로 낙엽들이 휩쓸린다. 등허리를 타고 식은 땀방울이 또르르 구른다. 하나 둘 뒤따르던 사람들이 나를 지나쳐 산굽이로 사라진다.

비룡산. 표고 190여 미터에 불과한 장삼이사와 같은 산이건만 꽤나 많은 사람들이 찾는다. 산객들이 줄을 이루어 스쳐 오르고 내려간다. 산꼭대기 회룡대에 이르면 낙동강 지류인 내성

천 물길이 350도 휘어 돌아가며 만들어내는 물방울 같은 물돌이 마을 조망이 장관이라는 소문 때문일까. 그러니까, 유명 연예인들이 '가위바위보'를 하며 계단을 올랐던, 텔레비전 화면을 스쳐갔던 경관을 두 눈으로 직접 보고 싶다는 열망 한 가지로 이 재미없는 시멘트 산길을 쉬는 법도 없이 그들은 오르는 것일까. 마치 성공에 대한 열망 한 가지로 숨쉴 틈도 없이 살아가는 일상처럼.

문득 이런 생각이 들었다. 저토록 강건한 다리로 산굽이를 돌아 사라져간 그들은 지금 어떤 여행을 하고 있는 중일까 하는.

삶과 여행이 닮아 있다면, 독일 철학자 마르틴 부버의 말이 맞다.

'모든 여행에는 우리가 알지 못하는 비밀스런 목적지가 있다.'

그러니까 기본적으로 여행이란 게 '어디에'라는 목적지를 정하는 것으로부터 시작되기는 하지만 사실 전혀 생각지도 않았던 곳에 가 닿거나, 생각지도 못한 사람들을 만나거나, 내면으로부터 솟아나는 낯선 생각들과의 만남 아니던가. 우리가 따라가는 각각의 길이라는 게 원하는 노정에서 종종 벗어나기 쉽고, 뱅뱅 맴돌기 쉽고, 막다른 곳에 막히기 쉽지 않던가. 우연히 문 밖에 내놓은 무심한 한 걸음으로 평생의 사랑을 만나기도 하고, 하다못해 아가리를 벌린 죽음 속으로 하하호호 걸어들어 가기도 하지 않는가. 목적지를 정해두고 떠나는 것 같지만 그 길에 무엇이 기다리고 있을지 아는 사람은 아무도 없고 그래서 여행은 늘 설렘이지 않던가.

그러니 가야 한다. 허위허위 가쁜 숨을 토하며 산길을 오르는 저들이 만나게 될 여행의 숨겨진 목적지가 무엇이 될지 나는 모르지만, 나 역시 이 여행이 내게 무엇을 남겨주고 변화를 줄지 알 수 없지만, 오르지 않는다면 가 닿는 곳도 없다.

목적지는 장안사다.

그렇다면, 내게 있어 숨겨진 목적지는 무엇이 될까?

무엇을 만나게 될까.

부처의 진리를 만나게 될까?

내 본디 면목을 만나게 될까?

아니면 아무 것도 아닌 거미줄을 통과하는 바람뿐일까?

상관없다.

장안사는 비룡산 회룡대를 오르는 정상 길목에 있고, 난 거기로 간다. 가파른 비탈을 타고 앉아 터가 좁고 그래서 애초에 대가람을 이루기 어려운 곳에 장안사는 있다. 그래도 오랫동안 기도도량으로 이름이 높아서 그 위엄이 예천은 물론 멀리 안동과 의성에까지 미칠 만큼 중요한 사찰이었다. 당나라 도읍의 지명이 장안長安이었던 것처럼, 나라의 안녕을 기원하는 뜻을 지닌 절집 이름은 이곳 외에도 위로 강원도 금강산, 아래로는 부산 불광산 장안사가 더 있다.

본래 천년고찰이라 하지만 현재의 절집은 1984년부터 '불자들의 간절한 원력'으로 중창되었는데, 지난 2005년 8월 중순 경 약 일주일 동안 이상한 일이 있었다고 해서 세간에 말이 돌기도 했었다. 그러니까, 단맛이 나는 물방울이 범종의 표면에 맺

혀 방울방울 흘러내리자 지상파 방송이 화제로 삼아 보도하면
서 신도들은 물론 사람들이 몰려와 흘러내리는 물을 받아먹으
려고 야단법석이었다는 거다. 예로부터 범종에서 흐르는 단맛
이 나는 물은 '길조의 생명수'로 여겼다고 하는데, 아마도 소원
성취를 기도하는 마음으로 참배객들이 몰려들었을 게다.

　오랜 역사에 비해 장안사에 대한 기록은 풍부하지 않다. 처
음 절집을 세운 건 신라 경덕왕(759) 때 의상대사의 제자인 운
명화상이었고, 명종 때 지도림支道林화상이 중창을 했다는 게
역사 속 장안사의 모습이다. 다른 하나를 더 거론하자면 지도
림화상과 교유하던 고려 문인 이규보가 이 절집에 머물다 가면
서 시 한 편을 남겼다던가.

산에 이르니 번뇌가 쉬어지는구나.

하물며 고승 지도림支道林을 만났음이랴.

긴 칼 차고 멀리 나갈 때에는 외로운 나그네 마음이더니

한 잔 차로 서로 웃으니 고인古人의 마음일세.

맑게 갠 절 북쪽에는 시내의 구름이 흩어지고

달이 지는 성 서쪽 대나무 숲에는 안개가 깊구려.

병으로 세월을 보내니 부질없이 졸음만 오고

옛 동산 소나무와 국화는 꿈속에서 잦아드네.

_ 이규보 〈장안사에서〉

三聖閣
靈山會上逢賢聖
萬里白雲青嶂裡
歲儉江山愛衆生

이규보가 올랐던 길을 더듬어 간다. 그는 지기知己를 찾는 기쁨에 번뇌까지 풀어놓을 수 있었지만 나는 무엇으로 질긴 번뇌로부터 놓여날 수 있을까.

정상에 거의 오를 즈음에 팔각정이 세워진 쉼터가 있고, 장안사는 바로 그 아래에 있다. 산길과 경계를 지어 성벽처럼 쌓은 축대를 끊고 우뚝 솟은 누각으로 들어서 오른편 계단을 오르면 이층은 종루다. 저 종인가, 단물을 흘렸다는 종이? 그다지 차별 없어 보이는 물건도 이야기가 붙으면 기이해지는 법, 과학적 인과관계를 떠나 잠시 호기심 어린 시선을 던져본다. 흘러내리는 물방울은 보이지 않는다.

시선을 옮기면 경내는 한줌으로 끊어져 눈 속으로 들어온다. 그만큼 절집은 비좁다. 마당 한 가운데 우뚝 서 있는 7층석탑 뒤로 극락전에서 이름을 바꾼 대웅전이 자리를 잡아 앉아 있고, 좌우로 응향전과 무량전 그리고 뒤편 언덕 위로 삼성각이 눈에 든다.

대웅전 옆 샘물은 차다. 무심코 응향전 뒤로 돌아갔을 때, 한 물건이 시선을 사로잡는다. 승방 툇마루 한 구석에서 석양의 한줌 햇살을 움켜쥔 채 무연히 앉아 있는 작은 돌부처. 곁에 서 있는 나무에서 떨어졌을 모과 두 알 그리고 몇 가지 잡동사니와 함께였다. 어느 흙 속에라도 묻혀 있다가 다시 햇빛을 보았음직한, 거친 솜씨로 깎아내고 다듬은 돌부처는 대웅전에 좌정한 금빛 휘황한 부처님에 비해서도 초라하지 않았다. 다정하고 따뜻했다. 썩어가는 모과 두 알과 수수 빗자루와 말라비틀어진 마루걸레와 새카만 인터넷 모뎀과 전깃줄… 문득 세상만

물이 마음에서 일어나고 마음속에서 소멸할 뿐이라는 법문이
쟁쟁 울리는 듯도 하였다.

절집 뜰에 차곡차곡 쌓여 있는 기왓장의 기원 글들이 산문山
門 도량에 들어도 떨쳐내지 못하는 번뇌의 한 끝일지도 모른다
면, 내려놓지 못하고 끌고 다녔던 번뇌와 갈등과 두려움과 집
착이 돌부처의 투박한 미소 속에서 잠시 잠깐 툭툭 끊어져나가
는 듯도 싶었다.

초대하지 않았어도

인생은

저 세상으로부터 찾아왔고

허락하지 않았어도

이 세상으로부터 떠나간다.

그는

찾아온 것과 마찬가지로

떠나는 것이다.

거기에 어떠한 탄식이 있을 수 있는가.

언제나 남을 위하여 사는 사람들아

남에게 베푸는 보시보다

더 큰 선은 없고, 이 보시가

오는 것과 가는 것조차 무상한 삶속에서 결국은 소멸할 뿐인 것들에 집착함으로써 지금 당장 누릴 수 있었던 행복과 자유조차 발로 차버렸던 시간들. 나는 가지지 못한 것들에 집착하고 삶이 주는 것들에 기뻐하지 않으면서 갈망으로 시간을 소비해왔다. 결국 모든 것들이 소멸되고야 마는 이 불완전한 세상에서 어찌 궁극적인 만족에 도달할 수 있겠는가. 나의 마음이 얼마나 고집스러울 수 있는지, 지금 무엇을 어떻게 원하는지를 깨우칠 수 있겠는가. 내 삶의 불확실성을 편안하게 받아들이고 삶이 흔들릴 때 침착하게 대처하는 법을 발견하며, 깨진 마음과 굶주린 배에 머무르는 법을 배우고, 절망에 대한 긴장을 풀어내 궁극의 행복과 만족을 얻어낼 수 있겠는가.

돌부처는 말 없는 말로 내게 일러주는 듯 했다.

절집이 몇 칸 되지 않는다고 하여 작다고 할 수는 없겠다. 위쪽 쉼터에 조성된 여래좌상과 탑은 이 가람의 경계를 확장한다. 또 산 아래로 펼쳐진 내성천 물길과 물돌이 마을에까지 절

축제

집은 그 경계를 확장한다. 응향전 주련으로 걸려 있는 진묵의
선시가 대자유한 깨달음의 세계를 펼쳐 보이는 것처럼 장안사
는 비좁은 터에 앉아 드넓은 세상을 끌어안고 있는 것이다.

사람들은 부지런히 나무 계단을 올라 회룡대로 걸음을 재촉
하고 나는 오랫동안 돌부처를 바라보며 앉아 있다.

不盡乾坤燈外燈　　부진건곤등외등
無邊風月眼中眼　　무변풍월안중안

天衾地褥山爲枕　　천금지욕산위침
月燭雲屛海酢尊　　월촉운병해작존
大醉遽然仍起舞　　대취거연잉기무
却嫌長軸挂崑崙　　각혐장축괘곤륜

끝없는 천지에 꺼지지 않는 큰 등불이요
기나긴 세월에 진리의 밝은 눈이라.

하늘을 이불로, 땅을 자리로, 산을 베개로 삼으며
달을 촛불로, 구름으로 병풍하고, 바닷물을 술 삼아
크게 취해 의연히 일어나 춤을 추는데
거추장스럽구나, 장삼자락 곤륜산에 걸리니.

_ 응향전

佛身普偏十方中　　불신보편시방중
三世如來一切同　　삼세여래일체동
廣大願雲恒不盡　　광대원운항부진
汪洋覺海渺難窮　　왕양각해묘난궁

부처님은 두루 온 세상에 계시어
삼세에 한결같이
크나큰 원력으로 중생을 제도하니
광대한 깨달음의 바다는 가히 측량할 수 없도다.

_ 대웅전

叩門處處有人鷹　　고문처처유인응
須彌頂上浪滔天　　수미정상랑도천
井底掛帆風勢惡　　정저괘범풍세악
王老空中駕鐵船　　왕로공중가철선
新婦騎驢阿家牽　　신부기려아가견
却嫌長軸挂崑崙　　각혐장축괘곤륜

문 두드리는 곳마다 대답하는 사람 있네.
수미산 꼭대기의 파도 온 하늘에 퍼지고
우물 밑에 돛을 다니 바람 거칠고

임금의 보물 철선 속에 실으니

신부는 나귀를 타고 산비탈의 집으로 가네.

거추장스럽구나, 장삼자락 곤륜산에 걸리니.

_ 무량전

화개산 도피안사

강원도 철원군 동송읍 관우리 화개산에 있는 사찰. 865년(경문왕 5)에 도선국사가 신도 1,000여 명을 동원해 창건했는데, 1898년(광무 2) 화재를 입어 당시의 주지 법운法雲이 재건하였고, 1914년 다시 개수하였다. 한국전쟁 중에 완전히 폐허가 된 것을 1959년 당시 육군 제15사단에서 재건했다. 도선국사가 건립·주조하였다는 3층석탑(보물 223)과 국보 63호인 철조비로자나불좌상鐵造毘盧舍那佛坐像이 있다.

평화를 보다

바늘처럼 뾰족하던 바람도 조금은 둥글어졌다. 경칩이 낼 모레다. 지금쯤이면 석탑 돌 처마 아래 현신現身했다던 금와金蛙보살도 기지개를 켜고 있을지 모를 일. 도피안사로 간다. 남도에선 푸른 바람이 보리밭을 흔들며 봄을 밀어오련만 나는 봄바람을 등져 한겨울 벌판으로 간다. 절집은 여전히 서로의 가슴에 총구를 겨눠 적의敵意로 서슬 푸른 그곳에 있다. 궁예와 임꺽정의 고을, 철원이다.

강물은 완강한 철조망 너머에 얼어 있었다. 한강도 임진강도 한탄강도 얼음장에 붙잡혀 굳어 있었다. 북쪽으로 가는 새들이 얼어붙은 강을 가로질러 눈 쌓인 산을 넘었고, 하늘은 흔적 없이 무심했고, 강물은 얼음장 아래 보이지 않는 곳에서 숨죽여 흐를 것이었고, 자유로를 벗어나자 빠르게 밀려나가는 새

로 만들어진 길에선 북쪽으로 포신을 열어둔 병사들의 주둔지
가 자주 보였다.

문득 초병이 길을 막는 민통선 검문소 옆으로 뼈다귀 앙상
한 인민당사가 추웠다. 차를 세워 사진 몇 컷을 찍었고, 언 손
으로 콘크리트 기둥을 매만져 쓸어보았다. 숭숭 뚫린 총알구멍
에서 찬바람이 우우 울었다. 서늘한 마음자리로 주머니에 언
손을 집어넣었어도 손바닥에선 오래도록 찬바람이 불었고, 건
물 뼈 무더기를 배경으로 어미와 나란히 서서 기념사진을 찍으
며 아이가 고개를 움츠렸고, 적의는 여전히 칼끝처럼 뾰족했
고, 그래서 나의 철원은 추웠고, 쓸쓸 했고, 슬펐다. 곳곳에 남
아 있는 궁예의 전설로 하여 슬픈 땅이었고, 아직도 덜 마른 피
웅덩이로 아픈 땅이었다. 백마고지 하나를 두고 열흘 동안 주
인이 스물네 번이나 바뀌고 포격으로 산이 모양을 잃을 정도로
처절한 싸움을 벌어져 수 천 젊은 생명들이 스러져 갔다던가.
참혹한 인간사를 웅변하는 곳이었다.

궁예가 패망한 철원은 옹색한 산골이었다. 임꺽정이 놀았
다는 철원은 심심 골짜기였다. 한국전쟁 최대 격전지였다는
철원은 산에 산이 포개진 무인지경이었다. 내 머릿속 철원은
그랬다.

내가 틀렸다. 드넓었다. 사방으로 험한 산들이 둘러서서 품
은 넓디넓은 평야. 가히 궁예가 도읍으로 삼을 만했다는 생각
이 들었다. 나아가 지키기 쉽고 들어와 다스리기 쉬운 지형이
다. 욕심을 낼 만하다 싶었다. 궁예가 패망한 것은 이런 천혜의

지형을 믿고 안거했기 때문인지도 모르겠다는 생각 또한 들었다. 외부로 뻗어나가려는 힘찬 기상이 스러질 때 미래는 형체조차 없이 무너져 내리는 것. 그래서 카이사르는 로마의 성벽을 스스로 깨뜨렸다고 했다. 지키려고 하는 자는 결국 빼앗긴다는 게 역사가 주는 교훈이었던 게다.

그럼에도 철원은 아름다운 땅이었다. 임꺽정의 전설이 서린 고석정 기암절경을 품은 곳이고, 직탕과 순담 물줄기가 쏟아지는 곳이고, 주말 가족나들이로 고만고만하게 즐길 만한 곳들이 많은 고을이었다. 더하여 철원을 찾은 발길이 거쳐갈 만한 이야기와 아담하고 편안한 풍경으로 세파에 찌든 마음을 받아주는 절집, 도피안사가 자리 잡은 곳이었다.

인민당사에서 절집까지는 멀지 않았다. 지방도로에서 쉽게 주차장까지 닿을 수 있고 경내에까지 닿는 데도 몇 걸음. 예전에는 민통선 안쪽에 있어서 쉽게 찾아볼 수 없는 곳이었다지만 이제는 굴레에서 벗어나 자유의 몸이었다. 절집은 조촐했다. 사천왕문을 들어서고 보면 연꽃이 피어나는 연못과 해탈문을 지나게 되고, 계단을 밟고 올라서면 600여 년을 견뎠다는 느티나무가 서 있는 마당을 둘러싸고 대적광전을 비롯한 몇 채의 당우들이 고즈넉하게 서 있는 게 전부였다. 연륜을 짐작하게 하는 건 대적광전 앞에 묵언으로 서 있는 3층석탑(보물 223호)뿐이었다. 대략 대적광전에 모셔져 있는 철불과 비슷한 9세기 후반쯤 건립된 것으로 추정되니 천 년 세월이 그 석탑에는 감겨 있을 거였다.

법당 기둥에 기대서서 종루 너머로 펼쳐지는 풍경들을 바라보았다. 새조차 날지 않는 하늘은 텅 비었고, 겨울 오후의 햇살은 연하게 느티나무 가지 끝에 매달렸고, 쌓인 눈이 남아 있는 산들은 제 모습을 온전히 드러내 보여주고 있었다. 솟고, 꺼지고, 주름진 모습들을 그대로 보여주는, 하여 겨울은 그 산이 가진 모습을 가림 없이 보여주는 계절이기도 했다. 사람이 어려움이 닥침으로 비로소 본 성품을 드러내듯 겨울이라는 계절의 산 또한 그러하였다. 그런 겨울산의 벗은 품에 안겨서, 절집은 고요하였다. 얼어붙은 강을 휩쓸고 뼈만 남은 인민당사의 콘크리트 기둥을 휘감아 돌던 삭풍조차 숨을 죽여 절집은 사뭇 고요하였다. 마당을 가로지르는 마음들도, 요사 툇마루 아래 엎드린 시커먼 털 북슬북슬한 견공도, 법당 철조 좌대에 다리를 꼬고 앉아 입 꼬리에 가벼운 웃음을 매달고 있는 부처님, 가늘게 열린 눈으로 시끄러운 세상을 무연히 바라보는 비로자나불도 고요하였다. 묵광을 뿜으며 말없이 유유하였다. 몸매는 날렵하고 뺨은 갸름하였으니, 신라 말 고려 초에 걸쳐 크게 유행했던 철불 중 하나라는 기록이 남아 있는 부처님이었다. 머리 위에 작은 소라모양으로 머리카락을 튼 갸름한 얼굴, 몸집 풍만한 다른 절집의 부처님들과 달리 도피안사의 비로자나불은 늘씬한 몸매였다. 왠지 풍운의 시대를 살아가는 용맹한 무인과도 같은 느낌이었다. 한동안 금칠을 한 몸으로 계시다가 누런 때를 다시 벗어버리고 본모습으로 돌아온 그 부처님이었다.

이런 기록이 있다.

'도선대사가 철조비로자나불을 만들어 철원의 안양사安養寺에 모시려고 했으나 운반 도중 불상이 없어져서 찾아보니 도피안사 자리에 앉아 있었으므로 이곳에 절을 세우고 불상을 모셨다.'

유홍준 교수는 또 이렇게 평했다.

'우리가 도피안사에서 보고 있는 이 도전적이고 씩씩하고 개성적인 불상의 이미지란 무엇인가? 그것은 9세기 철원지방의 호족이 지닌 자화상적 이미지이다. 왕권과 중앙귀족이 원하는 세계는 석굴암 본존불 같은 원만한 질서다. 꽉 짜여진 틀 속에 모든 것이 종속하기를 바라는 보편성의 추구이다. 그러나 호족은 달랐다. 그 보편적 틀 때문에 자신의 인간적, 사회적 능력을 제약받고 있었던 것이다. 그들은 그 틀을 깨버려야 했다. 능력 있는 자가 부처라는 이미지로 몰고 갔던 것이다. 궁예는 그런 호족의 하나로 드디어 왕을 자처하기에 이르렀던 것이다. 이 점은 하대신라의 여러 불상에도 그대로 적용된다.'

헤아릴 수 없이 허리를 꺾어 절하고 또 절하던 중년 여인이 말없이 등을 보인 뒤, 대적광전 법당은 희뿌연 어둠과 적요로 깊고도 깊게 가라앉았다. 그저 다리를 접고 앉아 있었다. 새소리도 물소리도 바람소리조차 없이 고요하였다. 반쯤 감은 눈으로 말없이 앉아 계신 비로자나부처님을 바라보면서 내 콧구멍 속으로 들어오고 나가는 숨소리만 바닥으로 가라앉는 침묵

을 깨웠다. 나는 지금 어디에 있는가. 시작을 알 수 없는 시간
과 끝을 알 수 없는 공간. 나와 나를 감싸고 있는 것들이 어디
에서 와서 어디로 가는지, 나는 참 오랫동안 꿈속의 꿈을 꾸면
서 스스로 세상은 늘 나를 중심으로 돌아가는 것이라 착각하는
미물의 꿈을 또한 꾸었더랬다. 내 맘 같지 않은 사람들과 비벼
지며 생성되는 덜컥거리는 관계와, 꼬이고 얽히고 망가지기만
하는 일들로 상처받고 번민하고 불안해 하면서 삶은 지옥이기
도 했다. 부처의 말을 읽고 선사의 법문을 새겨본들 고집스런
번뇌는 옅어지지 않았다. 뿌리를 내리지 못한 마음은 부초처럼
떠밀렸다. 그저 숨 쉬는 몸뚱이가 가질 수밖에 없는 온갖 욕망
에 휘둘리면서 이러지도 저러지도 못하는 가엾은 중생일 뿐이
었다. 모든 질문은 ‘나’로부터 시작되고 있었다. ‘나!’ ‘나라고
생각하는 나!’ 그것은 무엇인가. 선지식들은 ‘무’라고 일러주지
만 ‘나’가 없다면 ‘나’를 생각하는 것은 또 무엇인가. 가지가지
생각들이 바람에 밀려다니는 부초처럼 떠돌았다.

아이가 법당 문을 열고 ‘나’를 빤히 바라보았다. 어떤 표정
도 담겨 있지 않은 아이의 얼굴은 맑았다. ‘뭐 해?’ 말없는 말
로 아이가 물었다. ‘글쎄, 나는 이 법당에 홀로 앉아서 무엇을
하고 있을까.’ 말없는 말로 내가 말했다. 부처님도 알려주지 않
았고 나 또한 내놓을 수 있는 대답이 없었다. 그저 앉아 있었을
뿐. 그래, 그저 앉아 있었을 뿐. 곁에 놓인 카메라를 어깨에 걸
어 메고 법당을 나서면서 아이의 볼을 살짝 꼬집었다. 웃어주
었다. 아이는 입술을 삐죽이며 한 걸음 물러섰다.

국보로 지정된 새카만 비로자나 부처님과 대적광전 앞에 서 있는 3층석탑을 제외하면 문화재로 내세울 것도 없고, 한국전쟁을 거치면서 모조리 파괴돼 유의미한 건축물들조차 없는 절집이 내가 서 있는 도피안사였다. 그럼에도 알음알음 찾아오는 사람들이 꽤나 많은 것은 아마도 얼마 전까지만 해도 민통선 안에 있어 찾기 어려웠던, 분단의 아픔이 몸으로 느껴지는 때문일지도 모를 일이었다. 허리 잘린 이 땅에도 평화의 봄바람이 불어오기를 기원하는 마음일지도 모를 일이었다. 수많은 생명들의 피로 적셔졌던 살육의 이 땅에서부터 평화의 바람이 일어나 온 누리에 번져가기를 기도하는 마음일지도 모를 일이었다.

걸음은 대적광전 오른쪽 뒷산으로 옮겨졌다. 나지막한 산을 잠시 오르고 보면 내려다보이는 마을은 고즈넉한 분위기가 감도는 월하리月下里. 그 너머로 백마고지가, 왼쪽 철책선 쪽으로 돌아보면 한국전쟁 때 폭격을 하도 맞아 삽술봉이 아이스크림처럼 녹아버렸다는 '아이스크림 고지'가 넘겨다보였다. 그리고 오른쪽으로 비껴서면 풍요롭게 펼쳐진 드넓은 평야. 사방이 꽉 막혀 있는 드넓은 평야. 이색이 여주를 두고 읊었던 시구처럼 야평산원野平山遠하였다. 들판 너머로 빙 둘러 막아선 산들은 흰 눈으로 덮여 있었고, 독수리들은 흐린 하늘을 유유히 떠돌았고, 마른 덤불 속에서 박새 한 마리가 분주했다. 펜을 꺼내 끼적였다.

大寂光殿

마른 나뭇가지에서 가지로

박새 한 마리

분주히 오간다.

우주만큼이나 커다란 위장을 채우기 위해

수없이 고개를

꺾는다.

평생을 채워도

달랠 수 없는 저토록 끈질긴

허기.

절집을 나서는 길에 3층석탑을 자세히 살펴보았지만 금와보
살은 아직 현신하지 않았다.

섭섭할 일은 없었다. 앞에서 촐랑거리며 어미와 함께 걸어
가는 아이 또한 부처가 아닌가. 이 길로 철원에서 꽤 알려졌다
는 칼국수를 파는 식당 '솔향기'에 들렀다가 설렁설렁 집으로
돌아가는 길 위에 선다면 오늘 하루 그럭저럭 행복했다는 생각
으로 뿌듯할 것이었다.

금강산 건봉사

520년(신라 법흥왕 7년)에 아도화상이 창건했다. 염불만일회의 효시가 된 가람으로, 1358년에는 나옹스님이 중건하고 건봉사로 개칭하였으며, 염불과 선, 교의 수행을 갖춘 사찰이 되었다. 1465년에는 세조가 행차하여 자신의 원당으로 삼은 뒤 어실각을 세웠다. 임진왜란 때에는 사명대사가 승병을 일으킨 곳으로 호국의 본거지가 되었으며, 1605년에는 사명대사가 강화사로 일본에 가 왜군이 통도사에서 약탈해 갔던 부처님 치아사리를 되찾아 봉안한 뒤 1606년에 중건하였다. 우리나라 4대 사찰의 하나이자 31본산의 하나로서 명망을 떨쳤으나 한국전쟁 때 완전히 폐허가 되었다.

40여 년 간 민통선 안에 있어 들어가지 못했으나 1990년대에 들어서면서 통행제한이 풀리고 중창불사를 통해 옛 모습을 찾아가고 있다.

부처를 만나다

언제나 설레는 길이 있다.

7번국도가 내게 그렇다. 꽃이 피든 녹음이 짙어지든 단풍들고 눈이 내리든 늘 황홀했던 길, 이런 저런 추억들이 사진첩마냥 첩첩한 길, 7번국도. 울울창창한 숲은 우윳빛 머리칼을 풀어 운무를 피워 올렸고, 비가 내렸고, 어쩌면 남도 땅끝마을에서 시작되었을지도 모를 순례자들의 젖은 걸음들이 내 무거운 삶인 것만 같았고, 파도가 흰 모래를 더듬는 바닷가에 서서 오래도록 비에 젖는 바다를 바라보았다. 파도는 하늘과 바다가 서로를 탐하며 몸 섞는 먼 바다로부터 쉼 없이 밀려오고, 그렇게 밀려오는 생각들이 현실의 온갖 번뇌에 뒤섞여 아우성을 쳤고, 둘씩 혹은 서넛씩 연인으로 친구로 혹은 가족으로 짝 지어진 사람들이 젖은 모래밭에 발을 묻어 파도와 장난을 치거나 걸었고, 문득 비 내리는 날 홀라당 벗은 어린 몸으로 개구리헤엄을

치며 놀던 바다가 떠올랐다.

물속에 머리를 담그면 만 마리 야생마들이 초원을 내달리는 발굽 소리로 귀청을 때리던 어린 날의 바다. 수십 년 세월을 견뎌온 그 여름날의 모습들이 마치 눈앞에서 실연되고 있기라도 한 것처럼 선연했다. 우리에게 기억이란, 추억이란 무엇인가. 추억되지 않는 여행은 맹물 같으며, 기억으로 남지 않은 생은 곧 소멸한다.

문득 생각한다. 불가의 수행에서 '지금 이 자리'를, '지금 이 순간'을 살라고 가르치지만 더 이상 존재하지 않는 시간들에 속한 내가 오늘의 나를 지탱하게 하게 하는 건 아닐까 하는. 어쩌면 깨진 거울로 흩어진 아슴푸레한 기억들이야 말로 모자이크처럼 우리네 삶을 아름답게 만드는 건 아닐까 하는.

그리고 이제 나는 7번 국도의 한 절집을 추억 속의 한 장으로 남기려 하고 있다.

낙산의 바다와 헤어져 금강산 향로봉 끝자락에 있다는 절집으로 간다. 그다지 멀지 않다. 꼭이나 물리적인 거리가 그랬던 것만은 아니겠으나 한순간에 닿았다. 마치 오랫동안 그리워하던 연인에게로 가는 길처럼.

하지만 멀리 돌아온 길이기도 했다.

건봉사는 세인들의 눈길로부터 유배된 절집이었다. 나 역시 곁을 스쳐 지났던 적이 손가락 열 개로도 부족하였으나, 처음이었다. 가다가 오다가 그 이름을 들었던 적도 있었으나 그저 무심하게 비껴가기만 했던 인연이었다. 하긴 한국전쟁 이후로

40여 년 가까이 금단이었다가 1989년에야 겨우 열린 곳이니 아직은 낯설 만도 하였다.

열어놓은 차창으로 젖은 신록을 머금은 맑은 바람이 몰려들었고, 적멸의 세계로 건너간 스님들의 돌무덤이 웅성웅성 모여 우리를 맞이했고, 늘씬한 몸피로 빈 하늘을 바라 키를 다투는 금강송들이 의연했고, 일주문도 천왕문도 없이 불이문이 불쑥 몸을 드러냈다.

본래 절집은 본전에 들어가기 위해 보통 세 개의 문을 거치게 된다. 세속의 번뇌를 불법의 청량수로 말끔히 씻어내고 일심으로 진리의 세계로 들어가라는 일주문, 사천왕이 머물러 악귀의 범접을 막고 중생들의 마음속에 일어나는 잡념을 없애주고자 하는 천왕문 그리고 불이문不二門이다.

그러니까 마지막에 들어서게 되는 불이문이 건봉사에서는 첫 문이자 마지막 문인 셈이다. '불이문'의 의미를 짚어보자면, 말 그대로 둘이 아니라는 뜻. 곧 진리는 하나임을 의미한다. 이 문을 통해서만 진리의 세계인 불국토에 들어갈 수 있음을 상징하므로 본당 앞에 세운다. 부처와 중생이 다르지 않고 삶과 죽음, 만남과 헤어짐 역시 그 근원을 따져보면 모두가 하나임을 깨달아야 비로소 부처의 길에 들어설 수 있다는 뜻이 거기에 담겨 있다.

건봉사 불이문은 불사조다. 죽음의 불꽃놀이에서도 살아남은 유일한 생존자. 게다가 독특한 점이 있다. 그러니까 네 개의 돌기둥 중 앞에 서 있는 두 기둥에 나란히 새겨진 금강저다. '번뇌를 깨고, 본래의 불법을 현현顯現하기 위한 지덕을 표식'하는 밀교密教의 법구法具인 금강저를 가슴팍에 새겨두고 있는 거다. 마치 수퍼맨의 S처럼.

다른 절집에서는 보았던 기억이 떠오르지 않는다.

이 금강저가 가람을 보호하는 역할을 대신 해 천왕문을 세우지 않았다는 말도 있지만 사실 이런 특이한 점은 불이문뿐만이 아니다. 일본 불교의 색채가 짙게 남아 있는 게다. 일제가 조선 불교를 장악하기 위해 1911년 6월 사찰령을 제정하고 친일 주지를 임명해 사명당이 승군을 조직해 왜군과 싸웠던 호국 사찰의 상징인 건봉사를 일본풍의 절집으로 바꾸었던 탓이다. 불이문과 십바라밀석주, 황홀하리만큼 아름다운 연꽃이 피어 떠있던 일ㅂ자 형태로 변형된 연지 등이 그 흔적이다. 본래 이 연못은 둘로 쪼개져 있는 대신 가운데 영월교迎月橋가 놓여 있었다고 했다.

셔터를 끊어 불이문을 담는다. 펼쳐진 세계로부터 잘려 나온 불이문이 유아독존의 존재로 다시 태어난다. 이름을 불러주자 비로소 꽃이 되었던 것처럼 세상과 분리됨으로써 불이문은 한 공간의 주인이 되어 도드라진다. 무언가를 카메라에 담는 일이 늘 그러하다. 사진을 찍는 자의 인식 틀에 들어와 잡다한 것들과 분리됨으로써 비로소 그 존재를 오롯이 드러낸다.

불이문 옆으로 흘러가는 계류는 능파교의 홍예를 지나 양쪽으로 쌓은 축대를 핥으며 쏟아져 내린다. 아마도 수해를 막기 위해서겠지만 사라진 자연미는 좀 아쉽다. 건봉사가 자랑하는 능파교를 잘라낸다. 또 하나의 세계가 호흡과 호흡 사이에 멈

템플스테이
TEMPLESTAY
나를 위한 행복여행
건봉사 템플스테이
033-682-8100
geonbongsa.org

춘다. 잘려 나온 공간 속에서 노랑 분홍 하양 비옷을 걸친 사람
꽃이 무지개다리를 건너 피안의 영역으로 접어든다. 소리 없이
흘러가는 시간이 찰나의 순간 베어져 잡힌다.

무지개다리를 건너 대웅전이 있는 본전으로 들어서면 석가
모니부처님의 치아사리를 눈으로 볼 수 있다고 했다. 사랑니
네 개까지 포함한다고 해도 인간의 이빨은 모두 서른두 개. 현
존하고 있는 석가모니 진신치아사리가 모두 15과(누가 알겠는
가)라고 하니, 건봉사에 모신 진신치아사리가 8과나 된다 게
새삼 대단하구나 싶다. 멀고도 먼 인도에서 극동의 한반도까지
건너와 봉안되다니 대단한 인연이 아닌가. 그럼에도 널리 알려
지지 않았다는 게 오히려 신기한 일이다.

자장율사가 모셔와 통도사에 봉안했던 진신사리를 왜군이
약탈해갔고, 전쟁이 끝난 뒤 사명대사가 일본으로 건너가 되찾
아 건봉사 사리탑에 안치했던 부처님 진신치아사리. 그러고 보
면 곡절 많은 건봉사 석가모니 진신치아사리에는 얽힌 사연이
더 있다. 1986년 6월 10일, 건봉사 사적을 조사한다는 명목을
내세운 도굴꾼들의 손을 탔던 게다. 2010년, 문화재청 문화안전
과 강○○ 님이 쓴 '문화재청 사람들의 문화유산 이야기'에는
도굴된 진신치아사리를 되찾게 된 과정이 감격스런 마음으로
기술되어 있다.

'사범단속반으로 한 통의 전화가 걸려왔다. 오십대로 여겨
지는 남자의 목소리였다. "강원도 고성 건봉사에서 도굴, 절취
된 석가모미 진신치아사리가 서울시 관악구 봉천동 가야파크호

텔에 있으니 그 호텔 프런트에 가서 강원도 신흥사 해법스님이 맡겨둔 약봉지를 달라고 하면 물건을 줄 것"이라는 내용이었다. 〈중략〉… 프런트 종업원이 스테이플러로 꼼꼼하게 찍어서 삼중으로 포장한 누런 꾸러미 하나를 내미는 것이 아닌가. 누런 꾸러미를 받는 순간 손에 땀이 배어들었다. 마음은 급했지만 부처님과 동일시되는 귀중한 석가모니 진신치아사리이므로 함부로 열어볼 수는 없었다.

떨리는 마음으로 우선 대한불교조계종 총무원 기회관리부장 스님에게 전화를 걸고는 객실로 들어가 탁자 위에 조심스럽게 모셔놓고 기다렸다. 약 1시간쯤 지나자 총무원 스님 세 분이 도착했다. 스님들은 손을 깨끗이 씻고 불교 의식에 따라 엄숙하게 절을 올린 뒤 삼중으로 포장된 누런 꾸러미를 열었다. 사리함이었다. 청동함의 뚜껑을 여니 그 안에 은제함이 있었고, 은제함을 여니 그 안에 또 금제함이 들어 있었다. 금제함 안에 있는 명주 천을 풀자 아연으로 된 후령통이 나왔다. 사리는 그 안에 모셔져 있었다.'

조계종은 되찾은 치아사리를 일반인들에게 공개했다. 헌금이 산처럼 쌓였다. 돈 문제라면 종교계라고 돌아가는 꼴이 다르지 않나 보다. 소송이 붙었고, 길고 긴 다툼 끝에 부처님은 본래 있었던 곳으로 돌아왔다. (4과는 끝내 찾지 못했다) 그리고 그 결과는 보통 상상할 수 있는 것들과 많이 다르다. 건봉사는 3과를 사리탑에 봉안하고 5과는 유리관에 봉안해 찾는 이들이 볼 수 있도록 하고 있는데, 이는 웬만한 보물들은 성보박물관

에 집어넣어 꽁꽁 숨겨 놓거나 돈을 받고 보여주는 다른 절집
에 비하면 거의 파격이나 다름없을 일이다. 전국 곳곳에 진신
사리를 봉안했다는 절집은 많아도 이처럼 육안으로 직접 볼 수
있는 곳은 듣지 못했던 까닭이다.

진신사리는 기념품을 팔고 종무소로 쓰는 건물 한 쪽에 모
셔져 있었다. 셋방살이를 하는 부처님이다. 몸소 무소유를 실
천하시는가. 수천 년 세월을 건너 눈앞에 계신 부처님! 눈을 감
았다. 왜 하필 딸아이와 함께 아이스크림을 먹다가 '메모'했던
생각이 그때 새삼스레 떠올랐던 것일까. 왜 모든 것들이 텅 비
어버린 것처럼 느꼈던 것일까. 그저 온 마음을 다해 기도하는
대신 마구니 같은 사념에 빠졌던 것일까.

'자전하는 지구를 따라 소용돌이치는 초콜릿 맛, 분홍빛 딸
기 맛, 차가운 유백색 피부. 앙증맞은 플라스틱 스푼으로 아이
스크림을 떠서 내 입속에 넣는다. 달콤하고 시원하게 혀에 감
긴다. 뇌에 불이 켜진다. 행복해진다. 혀끝에 묻었던 달콤한 기
억은 곧 사라진다. 이미 과거로 밀려난다. 만 년 전 어느 하루
와 다를 바 없는 과거로의 침몰.'
무언가를 맛보고 즐기고 경험하는 것들은 무엇인가.
이미 맛보는 순간,
이미 즐거움을 경험하는 순간,
그것들은 과거의 세계로 쓸려나간다.
아무런 의미도 없는, 그저 가끔씩 떠올리며 스스로를 속이

고 위로하는 추억 정도로 전락하고 만다.

간밤의 사랑

네 시간 전에 맛보았던 풍성했던 음식들

그것들은 내게 무엇을 남기는가.

한 조각 기억뿐.

삶은 그렇게 쌓여진, 쌓여가고 있는 기억들의 퇴적에 불과할지도 모른다는 생각이 들었다. 하여, 알츠하이머처럼 기억의 퇴적물이 시간의 흐름 속에서 풍화되고 소멸하고 나면 아무런 의미도 없어지는 허망한 그림자. 개체의 죽음과 함께 소멸해버릴 그 모든 것들. 아이스크림처럼 달콤한 순간의 느낌에 불과할지도 모를 생에서 나는 왜 가슴 저리게 사랑하고, 분노하고, 안달하고, 미워하고, 욕망하는가. 삶은 어쩌면 끊임없이 욕망하는 아이스크림과도 같지 않은가. 내일도 모레도 백년 후에도 달콤한 아이스크림을 먹을 거라는 위로가 어쩌면 우리를 살아가게 하는 힘이 아닌가. 아이스크림을 구할 수 있는 재화를 모으기 위한 끝없는 욕망을 동력으로 삶의 바퀴를 돌리는 것은 아닌가. 그것이 달콤한 아이스크림의 맛을 영원히 지속시켜줄 힘이라 믿는 것은 아닌가.

생각해보면 우스운 일이다. 세상에 던져진 수많은 성공에 대한 충고들이 얼마나 많은 아이스크림을 살 수 있는 재화를 모을 것인가 하는 데 관심을 두고 있다는 점을 보면. 물질에 대한 만족이란 한낱 봄날에 내리는 눈처럼 한순간 녹아버리고 만다는 수천 년 인류의 경험은 아무런 공부도 되지 않는다. 부질없음에 대한, 그 많은 사람들, 그 긴 시간의 학습이 아무런 교

훈도 주지 못한다는 것은 어쩌면 놀랄 만하지 않은가.

석가모니의 진신치아사리 앞에 손을 모으면서 머리를 스쳐 갔던 생각치고는 좀 뜬금없었다. 어쩌면 '지금, 이 자리'에 집중하라는 가르침은 이 때문일지도 모르겠다는 생각이 들었다. 흘러간 것들은 이미 소멸하였기에 공空이며, 오지 않은 미래는 아직 존재하지 않기에 무無라는 가르침. 기다리는 사람들로 하여 단에서 내려오면서도 한 번 붙잡힌 생각들은 여간해서 머릿속에서 스러지지 않았다. 대웅전 앞마당을 돌아보고 다시 능파교를 건너 적멸보궁으로 향하면서도 들끓는 사념이 머릿속에서 윙윙 울었다.

天上天下無如佛　　천상천하무여불
十方世界亦無比　　시방세계역무비
世間所有我盡見　　세간소유아진견
一切無有如佛者　　일체무유여불자

천상천하 어느 곳에도 부처님같이 거룩하신 분 없나니
시방세계 어디에도 비교할 데 없네.
세상천지 온누리 다 돌아보아도
부처님같이 존귀하신 분 다시 없도다.

_ 대웅전

천상천하 비할 데 없이 존귀하신 부처님 앞에서 물러나 다시 능파교를 건넌다. 치아사리를 모신 적멸보궁으로 가는 길에 들른 연못엔 몇 송이 연꽃이 피어 맞는다. 꼿꼿하게 몸을 세우는 대신 물 위에 납작하게 누운 하트 모양의 연잎들에는 물방울이 투명한 구슬처럼 달렸고, 눈처럼 흰 꽃잎으로 노란 꽃술을 품어 물 위에 몸을 띄운 연꽃은 그저 황홀했다. 어디 연꽃뿐이랴. 돌계단 옆에 수줍게 피어 있는 원추리꽃처럼 건봉사는 소소하고 작은 것들로 아름다운 절집이었다. 적멸보궁 앞에서 내려다보는 풍경 또한 그러했다. 나지막한 산에 안겨 앉은 절집은 편안하고 시원했다. 뜸했던 비가 다시 내렸다. 적멸보궁 둥근 문을 통과해 들어가니 뜰이 나왔고, 법당에서는 스님이 목탁을 두드렸다. 유리로 열린 벽 너머로 사리탑이 비에 젖었다. 도굴된 사리 3과를 다시 모시면서 1994년에 새로 만들어 회향한 진신사리탑. 불자들이 늘어서서 손을 모았다.

萬代輪王三界主　　만대윤왕삼계주

雙林示滅畿千秋　　쌍림시멸기천추

眞身舍利今猶在　　진신사리금유재

普使群生禮不休　　보사군생예불휴

만대에 구르는 법륜의 왕이며 삼계의 주인시이여

쌍림에서 열반을 보이신 이래 얼마나 세월이 흘렀는가.

건봉사 대웅전 뒤로 북동쪽 능선을 따라 군사관리지역 안으로 1.5킬로미터 쯤 들어가면 등공대가 있다고 했다. 살아 있는 육신 그대로 허공으로 오르면서, 몸은 벗어버리고 영혼만 부처님의 연화세계로 들어가는 것이 등공이라고 하는데, 1900년에 들어와 스님들이 이곳에서 다비식을 거행했고, 이로써 소신대燒身臺라고 하였다고 한다. 이 소신대가 세상에 알려지자 많은 사람들이 이곳에 와서 기도에 정진하였는데, 이곳에서 기도를 하던 연대월 보살이 기념탑을 봉안할 것을 서원하자 스님들과 많은 신도들이 동참하여 1915년 등공탑을 세우고 비문에 적었다.

'절 북쪽 5리쯤에 아직도 몸을 불사른 데가 있는데, 오랜 세월을 겪다보니 꽃이 피고 잎이 지는 변천을 겪었다. 많은 시일을 보내자니 바람에 닳고 비에 씻길 수밖에 없었다. 그래서 그 폐허에 돌을 포개놓고 구경하게 두매, 산도 이로 인해 무안해하고, 물도 이 때문에 소리를 삼킬 지경이었다.'

무로부터 와서 무로 돌아간다 하더라도 완전한 무로 돌아가기는 어려운 법인가 보다. 남아 있는 이들의 기억 속에서, 적멸

의 세계로 건너간 존재는 다시 태어나 살아간다. 석탑을 세우고, 무덤을 만들고, 비석을 세워 기억을 전한다. 석가모니 부처님의 육신은 불속에서 남아 진신사리로 예배를 받지만 도둑조차 노릴 수 없는 부처님의 법은 전 세계 모든 불자들의 가슴속에서 생생하게 살아 숨 쉬지 않는가. 꼭이나 부처님의 진신사리를 친견하지 않는다 하여도, 어느 때 어느 곳에서라도 늘 만날 수 있음이다. 내 마음에 부처를 모신다면.

비는 여전히 그치지 않는다. 내 손을 끌고 다니던 여섯 살 꼬맹이 녀석이 벽돌처럼 무거운 내 카메라를 들고 낑낑거리며

셔터를 누른다. 기관총을 난사하는 것처럼 열리는 셔터 속으로 들어와 포박되는 녀석의 세계는 어떤 것일까 궁금했다. 절집을 나섰다. 아무리 긴 여행도 그 끝이 있고, 아무리 오래 머물러도 떠나야 할 때는 어김없이 오는 법이니까.

절집을 떠나며 자동차 안에서는 석가모니 진신치아사리를 친견한 감동의 말들이 가득하였는데, 무언가에 감동하고 감격하기가 점점 어려워지는 나이가 되어가면서도 부처님을 만난 것만은 감동스러웠던 게다. 다 늦게 서원했다. 잠시 듣고 예배하는 동안 그 이익이 헤아릴 수 없다 하였으니 부처님을 친견한 나는 얼마나 큰 복을 맞이할 것인가. 잠시 기대하였다.

地藏大聖威神力　　지장대성위신력
恒河沙劫設難盡　　항하사겁설난진
見聞瞻禮一念間　　견문첨례일념간
利益人天無量思　　이익인천무량사

지장보살 위신력은

억겁으로도 다 말하기 어렵고

보고 듣고 예배하는 잠깐 동안

인천의 이익이 헤아릴 수 없네.

_ 명부전